聽你的

Follow
Your Heart

張皓宸

前言

Dear you：

展信好。

我們或許剛剛才認識，也似乎認識很久了。翻閱一本書的緣分，猶如有人在夜空裡摘一顆星。星子入眸，感謝每一次的抬頭凝望。

時至今日，《聽你的》仍是我所有出版物裡最特別的一本。讀者們將藉由不同人物視角，以書信的形式進入故事。

這幾年間，外面的世界和我的內心世界都已發生巨變，得以有機會再版本書，我選擇將全書進行修訂，這也是我第一次如此大規模地對自己過往的作品進行推翻和重建。從第一個字到最後一個字，有大量刪減和新增，篇目擴充到二十五篇，落筆後的文稿字數提醒，幾乎多寫了半本書。

我太喜歡寫信了，當心流的閥門被打開後，情緒就停不下來。

除了文字部分，圖片方面也增加了幾十幅於世界各地拍攝的作品，兼具收藏意義。

創作這本書緣起於一次旅行，當時我身處臺北的一處創意園區內，看到一個與自己母親同齡的阿姨，穿著藍色衝鋒衣，坐在院子口寫生，我不敢上前打擾，就站在玻璃門後看了她許久。

如此特別的阿姨，我好奇她為什麼喜歡畫畫，有怎樣的人生經歷。如果她也有一個像我這樣的孩子，也剛過了退休的年紀，她會和孩子說些什麼。

帶著這些疑問和想像，我以「作畫母親」的身分，給她的孩子寫了封信。身分視角的轉變讓我的思維從「我」變到了「你」身上，不敢說完全做到了感同身受，但也實實在在體驗了不同人物的情感。

我喜歡坐在街邊觀察行人，想像他們的交談，生活中看到的很多新聞報導也成了這本書的素材，所以這些信件的主角，超越了性別、年齡限制，甚至還有很多非人類的設計。二十五封信，是眾生的心裡話，也都是我們每個人自己的人生切片。

站在別人的視角，我寫原生家庭，寫愛而不得，寫獨立自信的女孩子，寫生死，寫不討好，寫連我自己也快失去的勇敢。

這些都是我借用他們的身分，對這個世界的告白，或許正好也是你最想說的那些話。

書名用《聽你的》，很輕巧的一句回覆，世界的組成在你一念之間，在你一個眨眼間。

那個「你」，其實就是自己。

如果你有很多猶豫不決的問題，這個書名就是答案。

外面的聲音太吵了，我們早已對自己失焦，習慣認真、友善、討好地聽外面的聲音，但你有沒有好好聽自己一次？

聽從己心吧，你可是那個摘星星的人。

From 張皓宸

contents

003 前言

009 / article_#01 晚安，另一個我

017 / article_#02 白日老夢想家

025 / article_#03 想飛的候鳥

034 / article_#04 相見恨早

041 / article_#05 你的世界雪停了

055 / article_#06 軟柿子的告白

063 / article_#07 單身的快樂你不懂

071 / article_#08 小船

081 / article_#09 偷聲音的人

091 / article_#10 公主鬥惡龍

099 / article_#11 沒有第三者的分手

107 / article_#12 人生假髮店

116 / article_#13 人類不懂我們的浪漫

123 / article_#14 冥王星被開除的那一刻

131 / article_#15 下面是機長廣播

143 / article_#16 退休函

151 / article_#17 青春滯留中

161 / article_#18 請來打擾

169 / article_#19 暗戀時代

175 / article_#20 跑著去遠方

183 / article_#21 再見啦，讀者們

191 / article_#22 我們別來無恙

199 / article_#23 廣島訊號之戀

206 / article_#24 老模特兒

217 / article_#25 記憶清除系統的通知

article_#01

From 在北京的另一個你

晚安，另一個我

現在是午夜十二點，你應該睡了吧。

印象中你一直都循規蹈矩的，青春期時不愛說話，身上沒有任何叛逆留下的痕跡。要不是書架上那一整排漫畫書證明你年輕過，你還真的像個未老先衰的無趣大人。

早睡早起，三餐按時吃，沒有曠過課，上課時想去廁所都不敢舉手。別的男孩子翻過學校的圍牆，去對面街道尋樂子，你也就眼巴巴看著。

有些圍牆小時候如果沒有翻過，大了就更不會翻了。

你的大學也在家鄉，那是你第一次住校。不會自己洗衣服，不習慣用蹲坑的廁所，寢室的木板床翻身就有聲響，夜裡輾轉難眠，一輩子想家的額度都在頭一週用完了。

你被室友嘲笑，說一看就是涉世未深的少爺。

我懂你，從小被家人照顧著，不僅是生活，面對這個世界時，難免少了些約定俗成的能力，但大作家木心說了，天使不洗碗，更何況你的世界不大，住進來的都是你在意的人，所以不需要世故，不刻意經營。

那個時候，你每週都回家，輾轉坐兩個小時的公車，你喜歡坐最後一排靠窗的位子，戴著耳機聽歌，不被打擾。城市街道的景致在窗前肆意鋪展，公車就像是一頭飛躍在城市半空的巨大鯨魚，你就坐在它的肚皮上。這種安定，能讓你感覺到世界是自己的。

你是一個戀家的小孩，否則也不會大學畢業後，還是決定留在父母身邊。

你父母具體是做什麼的我不太清楚，大約是在國企單位，家裡的親戚都在同一個廠房裡，薪資待遇不會太高，但有保障。你身邊的朋友，畢業後大部分都回了廠裡，你也是。聽你父親說，小地方有小地方的好，人乾淨，活著不累。

你一開始手足無措，狹窄的座位放不下多少東西，更何況畢業後那一丁點的少年野心。同事之間一整天死寂，偶爾有人開啟聊天話題，都與兒女情長有關。

原來人們拚命工作，只是為了婚前練習。

你趴在桌上小憩，心想著身下這張板材桌子就要陪伴自己接下來的半生，難免沮喪。小時候看過的漫畫書裡，每一章都是未知的冒險，窮盡一生的浪漫，就是不回頭，不停留，向前奔赴。而在這裡，似乎只能看到複製貼上的日常。

好在你認識了一個戴眼鏡的兄弟，他在隔壁組，出了名地愛鬧騰，你倆一動一靜，很快成了看似最不可能的朋友。廠房後有個廢棄的遊樂場，夜裡太陰森沒人敢去，你倆就當作祕密基地，靠著斷了半截身體的雕塑吃燒烤。眼鏡說，跟大起大落比，他比較習慣平庸，前者每天都提心吊膽，後者能看見煙囪的煙，聞見飯菜的香，見證一片樹葉是怎麼變成落葉的。

後來這一年，你的工作有了明顯起色，被某個中階主管看在眼裡，他委你以重任，讓你去重慶出了三個月的差。回來的時候剛好碰上廠裡職位變動，你做好了升職的準備，但大會上通報的人，卻是戴眼鏡的那個傢伙。

聽說這三個月裡，他整日跟中階主管混在一起，看人下菜碟[1]是他的本事，遠近親疏靠嘴皮子就能加成。你對這種能力

1. 出自《紅樓夢》，指因人而異。

唯有羨慕，空記恨。

那晚你喝醉了，回家沒忍住，抱著父親哭。你不明白啊，小地方的人乾淨嗎？父親肯定地道，這還不乾淨嗎？心眼長臉上，一兩件小事全能給測試出來。

人與人之間的關係像是一幅拼圖，如果知道缺了一塊，不必等到最後驗證，在投入更多感情和時間之前，及時止損，別拚了。

眼鏡當上了主任後，你們來往就少了。往後這幾年，你踏踏實實接受自己的平庸，靠你那點筆桿子功力，給廠長寫發言稿，最後調去了廠辦公室從事文案工作，認識了那裡的女孩子，談了兩年就結婚了。

我們同歲，現在的我還在為事業成功與否計較，就如何提高生活品質不停在腦內奔波，消耗身體，鍛鍊情緒。而你可能明年就要抱小孩了。

我的生活你也看在眼裡，不知道你覺得我過得好嗎？

可能在大部分人看來，我是幸運的，依靠寫書這件事，我站上了一座小小的山頭，已經可以呈現一個俯身看世界的姿態，嗅到充沛溫潤的空氣，與理想生活相敬如賓。

但是好奇怪，我們明明遊覽了不同的展覽，卻收藏了很多相同的孤獨。

表達和分享成了我的日常，但我骨子裡卻吝於分享。很多感受在當下已經形成閉環，不需要再告訴全世界，無論是社群媒體上的一則貼圖，還是非虛構的一段文字，發出去就成了公開的心事，被人欣賞的同時，也失去了一部分自由。年紀可以養心，但我還是會時常陷入流量的自證，書賣得好壞，社群媒體按讚的數字，憑空而來的欲望，與自我百般斡旋，並不輕鬆。

這些年我記得最深的一句話是：「於可能中做事，於不可能中作故事。」

我做了好多不可能的事，所以做不了一個普通的人，只能學會麻痺自己，用輕鬆的口吻，成為一個說故事的人。

比起你，我最大的收穫，可能就是人生體驗吧。我正在努力成為那個看見世界真相，仍努力愛它，並無限靠近浪漫的人。

在很多個同樣的夜裡，我挺羨慕你的，羨慕你可以普通地過平凡的生活。人間其實有好多巨型遊樂場，有人去過很多，有人一輩子就只待在自己熟悉的那個樂園。挺好的。沒有出去過，不虧，畢竟很多走出去的人，一些在半路折返，一些經歷了很多次或大或小的死亡。

我現在的世界很大，也遇不上眼鏡這樣的人，因為大多數人把真心話爛在肚子裡，算盤永遠在你不知道的地方打得很響。你不知道他的笑代表著什麼，你也不知道他身後藏刀，是為了保護你，還是在必要的時候向你刺上一刀。

但這只是次要的，或許生活安排你遇見的每個人，都是對的人吧，無論他們帶給了你快樂還是疼痛，都是旅行紀念，人生這本護照，就是用來蓋戳的。

宿命論的思想說，發生的每件事，都是唯一會發生的事。我不去深究它，科學上的辯證，交給量子力學。我只想藉此面對一件事的發生，嘗試著不去問為什麼，而是選擇接受。有些你長久以來對抗和敏感的東西，一旦接受了，反而就消失了。

人的大部分痛苦，一半是過度的渲染，一半是自我的強加，那些矯情的負面情緒，只是時間車輪下毫不足道的微塵。

很多事情是沒辦法讓我們知道了答案再做選擇的，如果人生能被劇透，我真的不知道，我會選擇成為你，還是成為我。

但是你看，無論做哪種選擇，都沒有最佳方案。美好伴隨著疼痛，聲勢浩大的日常，姿態都疲憊。人們在選擇之初徘徊，選擇之後生悔，是因為總想規避遺憾，渴求極致的好。可是親愛的，此世已經生而為人，以命運對賭的神明，又豈能放過你。

那年畢業，你決定留下，我決定去北京闖一闖。父親陪我登上北上的火車，軌道喧囂的煙塵中，我看見站在月臺上朝我揮手的你，原諒我沒有回以你同樣的熱情，我好怕對你說了「再見」，日後真的會灰頭土臉地滾回家來。

我現在過得挺好的，希望平行世界的你，也能很好。

我們共享同一個宇宙，同一段歷史，這一路跋涉，如果遇到不順，就互朝彼此的世界看上一眼，做個比較，然後拚命念叨：我不會輸給你，我不會輸給你……我想讓你知道，即使全世界的人都遺棄你，但是我愛你。

祝你永遠善良。

article_#02

From 白日老夢想家

白日老夢想家

你肯定想不到，今天我畫得有多成功，就畫了三個小時。因為下雨的關係，畫裡冷色調居多，庭院的水泥路都合著零星的花草用絳紫色蓋過了。總計超過十個路人給我的畫拍照。還有一個小夥子，隔著玻璃窗，躲在我身後拍，我想他心裡一定覺得，這真是個才華橫溢的阿姨。

本想拍個照發微信給你的，但怕我的作品太優秀，讓你工作分心，就等你空了，我們打電話再說這件事吧。絕對不是不忍心打擾你，你知道的，我一直都是個特別自我的母親。

當年生了你沒兩個月，你爸就自學考去北方念大學了。你爸那精瘦身材一直讓我迷戀，誰想到兩年過去，我們在老家的棧橋上重逢，我愣是沒認出他來。倒是你，撇著小嘴咿呀叫喚。看著胖了三十公斤的你爸，我回去哭了一路，罰他一個月不許吃主食，不瘦下來就離婚。

天不從人願，你爸帶著脂肪一路高升，混成了中階主管，逢年過節家裡就有吃不完的巧克力和堆成山的酒。老天爺是公平的，沒收他的顏值和身材，還了我一棵搖錢樹。過去我總是看不上他，有時候否定一個人，可能只是因為我那天心情不好。格局還是小了。

原諒他了，人這一生啊，可以跟很多人過不去，但不能跟錢過不去。

中學那幾年你長本事了，成績差不說，也沒混成一方小惡霸，整日給其他人欺負。個性內向，不愛說話，偏偏鬼點子多。班主任讓你請我去開家長會，結果你偷偷用信紙拓我的字體，給學校寫了封長信糊弄過去。班主任在課上將那些沒請家長的小孩數落了一通，說要向你學習，家長沒時間來，還專程寫了封道歉信。

這還不止，你把期末成績單上的分數用便利貼蓋著，再去影印店印了一份山寨版，自己填上高分給我簽字。別問我怎麼知道的，你班主任給我打電話的時候，我還幫你圓了謊。主要是我比較愛面子，我自己的兒子，我還不瞭解？不壞，就是有點笨。資深的笨。

高考那年你良心發現，拚命背書，深度熱愛學習。那年我們家這邊難得下大雪，我想帶你出門，你掛著兩眼黑眼圈，鄭重其事地說：「要備戰高考。」我說：「高考年年有，大雪可不是喲。」我發誓，我真的覺得你辛苦，想安慰一下你的。沒別的意思。

誰知道一語成讖，你真重考了一年。

第二年你還是沒考上理想大學，放榜後跟我們生氣，填了個離我們最遠的志願。你彆扭著喊：「要繼承爸的傳統，一路向北，離家遠遠的。」

你什麼都可以學他，但是別學他狠心。狠心到在你離開我第一年，他抽菸就抽出癌了。以前嫌棄他胖，等他那麼大噸位從床上消失的時候，我就睡不著了。好不容易入夢了，又總錯覺身邊的床陷了下去。

你說你爸是不是根本捨不得我啊。他老長白髮，打折的時候從超市買的兩罐染髮膏擱到現在一直沒用呢，會不會過期了啊。

那時媽媽好痛，從今往後就要變成每天悼念他的人了，再也見不到他了。失去生命中重要的人，就沒有未來了，有的只是餘生，餘生是什麼意思，就是用來倒數的。

你爸走後很長一段時間，我過得不好，但沒跟你說，因為我知道你也過得不好，事業不順利，主管不器重你，生活上也有壓力。你辭了職，回來一躺就是半年。

那半年我們沒少吵架。你說我怎麼還像以前一樣拿你當孩子，怪我太關注你，沒有自己的生活，說我什麼都不會，只會絮叨。我當時都忍了，你怎麼說我都不回嘴，只要你別走，你在家還能衝著我發發脾氣，在外面誰理你啊。

你創業成功後，回來給我講了好多新的東西，還買了好幾本老外的書，什麼《祕密》、《不抱怨的世界》、《西藏生死書》……讓我放在枕邊，熟讀吸引力法則，擁有鈍感力和被討厭的勇氣。

你說我在你小時候說的一句話影響了你──搆不到桌子上的菜，就站起來。因此你在低谷時變得主動，不被別人的言行左右，聽從己心。太在意別人，有時候就會用別人的錯誤懲罰自己。

我突然覺得自己好偉大，讓你站起來搆菜，是因為我給你夾著累，真沒想那麼多。你們語文試卷裡那些閱讀理解題目的作者本人，應該跟我有同樣的心情。

我認真讀了那幾本書，但常讀到一半就睡過去了。我的朋友圈簽名現在都是「要求、相信、接受」，做不到學以致用，至少學習的態度是很懇切的。

我相信吸引力法則，畢竟我這輩子最大的吸引力，就是認識了你爸，然後生了你。

後來啊，我提前退了休，你的事業愈做愈好，回家的次數也更少了。我算過一筆帳，我今年五十一歲，一輩子沒做過虧心事，老天爺勉強能讓我活到八十一歲，能再陪你三十年。其實一年見一次，也就三十次，還不算意外情況。

我每次跟你見面、打電話的時候話多了點，只是想爭取些時間，畢竟我也是第一次度過我的五十歲，第一次體驗可怕的更年期，所以有時候我拚命找話題，結果找啊找就落到結婚生子上。話不投機半句多，你不愛聽，提起這些，你就不樂意，說與我三觀不合，說我是「下頭」[2]母親，跟你是兩個世界的人。

---

2. 掃興、無趣。

我特別討厭我自己，浪費了我們的時間。

這一輩子，我們管教你，不一定是我們大人對了，大人也可能犯錯，只是我們從來不和孩子說對不起。

也不知道在逞強什麼。

車間的姊妹因為幾百塊獎金的事，跟我鬧翻了。現在大部分時間我都一個人，但一個人挺自在的。前陣子學會了看電影，只要新上映了片子，我就買優惠票去看，總能撞上幾部你也看過的。這樣打電話的時候就有話題可以聊。

還有，看你朋友圈經常發跟朋友們喝酒的照片。有些話說多了你又嫌我嘮叨，我只想讓你長個心眼，對身邊的人切莫言深，偶爾提防，真正的友情走腦走心，肯定不傷肝。

我也沒那麼閒，整日關注你，主要是聽說朋友圈可以分組，你最近朋友圈發得少了，我就想知道你是不是把我封鎖了。

又扯遠了，說回畫畫。我最新畫的這個庭院，是你小時候常來玩的地方。之前廢棄了好幾年，現在改建成創意園區，好多小商小販進來開店，我沒事就來這裡畫畫。畫畫這個技能也是我偶然發掘的，一開始是用那個著色書，後來就自己打底稿上色，然後又無師自通玩起油畫。我覺得我比那些科班出身的人厲害，天賦異稟，主要體現在對色彩的拿捏上。那些專業人士下筆都謹慎，我什麼顏色都敢用，沒包袱就是這些畫最好的包袱。

可能今後你想回來都見不著我了，因為不出幾年，我的作品應該就可以走出國門了，做個巡迴展覽什麼的。所以你也放心，我雖然是野草，但是堅韌，無論什麼環境都能生存。我總有你看不全的實力，不然怎麼做你媽呢。

我看過的世界沒你的大，但懂的道理與眼界無關，而是看你放下過幾次。我這一生，拿起的不多，放下太多，放一次就痛一次，痛一次就重活一次。

有時候你覺得自己努力很久，結果白費力氣回到原點，生活軌跡看似是拋物線，總是起落，但人生其實是個螺旋上升的過程，你以為落回去了，但已經往上走了一大步。

你在外地工作，勿念，念著我也沒用，我都好。

春節早點回來，不是我想你，而是我的時間不等你。

article_#03

From 每隻白鸛都是大K

想飛的候鳥

我是一隻名為白鸛的候鳥，能活將近四十歲的長壽鳥類。每年春天，我們會選擇一個氣候宜人的目的地短暫停留，同時，身為候鳥，到了冬天，也會跨越南北半球，向暖遷徙。

對這座小鎮的第一印象，是有山有水，居民很熱情，會給我們準備新鮮的魚。第一次見你，是恰巧落在你家屋頂的那天。你從不遠處開著一輛淺藍色的老式汽車回來，戴著銀質老花眼鏡，頭髮花白，石灰色的針織外套下是有點發福的肚腩。

見你第一面，還覺得你就是個無聊的老頭子，深居簡出，沒什麼興趣愛好。你獨居多年，老屋裡裝飾陳舊，很多物件都生了鏽。客廳的牆上掛著唯一的照片，上面是一位裹著頭巾的年輕女子，偶爾聽你與她說話，有時喝了點酒，竟對著這張照片流眼淚。

人類真的很奇怪。

直到你把瑪蓮娜從副駕上抱下來。

我看到了她。就憑這一眼，再多美好的詞語此刻都不足以形容。

瑪蓮娜是一隻斷了半邊翅膀的白鸛，翅尾處有一撮別致的黑梅花羽毛。女孩子心口不一，適時的冷漠是保護自己的殼，她起初不讓我靠近她的窩，待我唱歌、扮鬼臉一系列逗趣後，她才同意讓我靠近她幾厘米。瑪蓮娜告訴我，她的名字是你取的，來自你最喜歡的電影《真愛伴我行》中女主角的名字。

那時瑪蓮娜的翅膀被獵槍擊穿，好在被你悉心照料，雖是保住了性命，但再也無法飛翔。到了冬天，她只能仰頭看著同類成群飛向南方。她失去了曾經的夥伴，變得孤身一人。

你像能讀她的心似的，在屋頂和室內的房梁上都搭了窩，天氣暖和就讓她安心住在外面，漸冷時就把她帶回屋裡取暖。你用一臺 DV 記錄她康復的情況，沒事就帶她開車兜風，有你的庇護，她心上的傷口也癒合了。

我沒想過這一生能找到這樣一位紅顏知己，拋出的話題她能恰到好處地回應，她沒說出口的話，我也能聽懂。

我不曾知道戀愛的魅力，大概有一天開始，我願意為她多看一眼月亮，願意把我翅膀尖的所有日光都給她，能聽懂你與屋裡的照片聊什麼，我就無比確定，我愛上她了。

我們很快墜入愛河，也很快被你發現了。起初你總是趕走我，看來瑪蓮娜隨主人。我好歹也一表人才，怎麼在你們眼裡竟像鳩占鵲巢的土匪？在我咬壞你三把掃把，啄斷你兩架木梯後，你妥協了，索性也讓我在屋頂住了下來。

瑪蓮娜是個內斂的女人，戀愛了也不愛表達。她腿不方便，我便去不遠的水塘裡給她捉魚來，這樣一來二去，你終於看出了我們的關係，露出慈父般的微笑。

自由戀愛萬歲，你擴建了我們的窩，還給我取了個名，叫大K。

日子一晃而過，我們很快有了自己的孩子。體諒我捕食的壓力大，你做了個小籃子，幫我們添小魚，還用 DV 記錄下孩子們的成長，做成紀錄片，邀請鎮上的居民來家裡看。你變得越發外向，關心我們的人也愈來愈多。直到夏秋翩然而過，我們的孩子長大陸續離開家，有了自己的歸宿，最終又剩下我與瑪蓮娜相依為命。

我早明白，人生是經不起計算的，人來人往，這是所有動物都會經歷的過程，樹有年輪，人有皺紋，在第一次遇見和最後一次告別之間，留下的收穫與遺憾，只有自己知道。

我正在這種無常裡想得稍有眉目時，天氣突然轉涼。某天你爬上梯子，一臉沮喪地看著我們。我當時沒有理解你的不安，直到小鎮各地的同伴們在天上騰起，我才知道，終究與你們人類不一樣，我們還是要面對身體遷徙的本能。

抵抗不了磁場和基因，我必須走。

瑪蓮娜在我身邊的時候，她就是整個世界，她不在身邊的時候，整個世界都是她。

我在南方倒數著日子，看山上最後一片雪融，守著山谷第一朵花，只要有一點開花的跡象，我就伸展翅膀朝來時的方向飛奔而去。路上聽得最多的歌是「我為你翻山越嶺，卻無心看風景」。

六千多公里的路程，跨越陸地與海洋，我老遠就看見屋頂上的瑪蓮娜。我故意沒直接朝她飛去，而是去旁邊的籃子裡銜上一條她最愛的小魚，作為重逢的見面禮。

但她見到我，竟然沒有一絲驚喜，反而像初次見面一樣，撲扇著半邊翅膀，將我驅逐出她的領地。這是什麼該死的失憶情節，她忘記了我。不是我們白鸛的記憶力差，而是她那次九死一生落下了病根，記憶無法儲存，只能維持一年。

我瘋了似的在空中盤旋，出了一身汗。痛定思痛，我降落到她身邊，引吭高歌，張開尖嘴扮鬼臉，咬掉自己的羽毛逗樂她。

如果我們變陌生了，那就重新認識。

很快地，她再次愛上我。

你趴在梯子上，來回打量我許久，直到我與瑪蓮娜把頭圍成心形，你才瞪眼大喊：「大K回來了！」

在接下來的很多年裡，我重複上演著相同的劇情：每年秋末，跟隨最後一批南飛的鳥離開這座小鎮；次年三月，再跟著第一批鳥準時歸來。在家的方位，有兩個讓我牽掛的人，一個是你，一個是我愛的瑪蓮娜。

其實這過程從未與你細說，路上的惡劣天氣與風聲淒厲的黑夜已是常態，後來我因為晚走早歸，無法合群，常會遇上天敵。後半段路，總帶著一身傷。

離開瑪蓮娜的第二年，我就脫隊了，那年我聽的歌，變成了張震嶽的「當你在穿山越嶺的另一邊，我在孤獨的路上沒有盡頭」。

曾經有同伴問我，每次離開以後，她忘記我，愛就消失了，為什麼我還要為這段關係拚命。我真的認真思考過這個問題，後來想想，先不管她，我能確定的是，我愛她，愛就是一種能量，出鞘的劍，射出的箭，端上舞臺的鋼琴，忍不住，收不了了。我們一生一定會遇到很多人，但總有個人，是我怦然心動中，愛到的最盡興。即便她不知道每年有個男人在拚命飛向她，但風會知道，天氣會知道，宇宙會記錄我們的故事。

我們的故事很快傳遍了小鎮之外的世界，每年都會有好心人準備各種小魚等著我長途跋涉歸來，特別像守在學校門口等待小孩高考結束的家長。大多數人與你一樣，骨子裡都是善良的，但總愛用金錢衡量感情，用利益交換關係，忽略了願意給你時間的人，才是最值得珍惜的。

每年三百六十五天，我們都要經歷整整一季的異地戀，加上我往返的時間，幾乎要分隔半年之久，但我堅持了十六年，即使每年都要跨越兩個半球，飛翔一萬三千多公里。

異地戀和失憶症對我都不算阻礙，我只知道有個很好的女生在等我，我們在等待著相愛，如果有人跑過我，我就絆倒他。

遇見合適的人不難，難的是遇見動心的人。合適，總有退而求其次的意味，而動心，源於一場天時地利的巧合，那天天氣晴朗，耳邊有風。我們都太愛自己了，所以愛別人都小心翼翼，這輩子很長，我們可以想盡辦法繞地球好幾圈，卻不容易遇到心心相印的人。

每次想到要對瑪蓮娜說「我愛你」，我就瞬間有了飛翔的勇氣。

按照你們人類的計時法，我已是老年人了，所以在今年這場暴風雪裡，沒看清對面高聳的雪山，不小心撞到心臟後，就怎麼也飛不動了。我被同伴安置在半山的洞穴裡，含著淚，面向北邊。

這幾天總是做夢，夢裡是第一次到你家的情景，見你開著老式汽車載著瑪蓮娜回來，我想一直留在夢裡，但我是有骨氣的白鸛，而不是把頭埋在沙子裡的鴕鳥，不能逃避一定要面對的問題。

還記得我前面提到的同伴嗎？他與我年紀相仿，大概有我百分之九十的英俊挺拔，從小跟我一起長大，信得過。有些故事，人沒了，但感情必須在。

因為瑪蓮娜在等我。

我會讓他先去旁邊的籃子裡找小魚，再去給瑪蓮娜唱歌、扮鬼臉。我算了算，他可能會提早一週到，如果有鄰居懷疑，你就說，不會錯的，那個放魚的地方只有大 K 知道。

article_#04

From 一眼萬年的寶哥

相見恨早

她是我店裡的常客，你們知道的。

我的日料店開在市中心最新的商場裡，門面不顯眼，除了個紙糊的燈籠，就只有一扇木門，不注意看，幾乎就會略過。我是店裡唯一的廚師，只做套餐，四季的菜單由我的心情以及當日新到的食材決定。

一週七天，她六天都來店裡，有時吃我菜單上的套餐，有時就只點一份鮪魚卵飯。實話說，這是我們店裡不允許的，但她比較特殊。

她喜歡穿三宅一生，每次穿的款式都不重覆，四十歲，身材保養得當，那些褶皺的設計在她身上更顯靈動。她不施粉黛的時候，眉毛是古式的柳葉眉，皮膚透亮，眼角雖然有斑，但符合這個年紀的韻味。

她都是獨自來，喜歡坐在板前，兩次喝完一整瓶清酒，自斟自飲，直到眼神迷離，看我們每個人都笑。她是作家，還是個導演，聽說那部在臺灣拍攝完成的小成本電影，因為資金問題，還在遲遲後製中。晚餐後，她常在角落寫東西，電腦的白光打在她臉上，她偶爾撓撓頭，偶爾咬起下唇尋思靈感，特別好看。

天氣好的時候，她會給我們帶禮物，小到零嘴點心，大到耳機音響。她也沒一點文人包袱，直言是客戶送的，留著占地方。禮尚往來，我也常多給她送一份魚肝，毛蟹多兩隻腿，最後再送上靜岡的哈蜜瓜。

大家都很喜歡她，當然包括我。

喝到微醺，她一隻手轉著髮絲，抬眼向我低語，小聲得像在講一個祕密。她說，好不容易找到一家喜歡的餐廳，如果不能讓整個餐廳的人喜歡她，那是她沒有魅力。

有件事必須向你們坦白，我廚房裡有一些來自日本長野縣的山葵，短短一根就要幾百塊錢，用鯊魚皮磨的時候會有香味出來，與那些常用的山葵做比較，色澤翠綠，顏值上就勝一籌。但只有她來的時候，我才會給她用這種山葵。

她問我，為什麼能把鮪魚卵飯做得那麼好吃。其實就憑著它。將烤過的鮪魚和蟹肉鋪在焗飯上，再上一點蟹膏和魚子增加口感，最後加上這種山葵，拌勻。大口塞進嘴裡，入口是自然清香，然後是一絲辣味，最後帶著回甘衝入鼻腔。

她說，這道飯有故事，讓人回味。

這道飯我做了快三十年。

我出生在山東即墨市，自小家裡就有個漁場。十幾歲的時候，我向家裡要了筆錢，畢業就去國外流浪了。那時岩井俊二還沒拍出《情書》，小樽的雪我也只在畫報上看過。幾經輾轉，有幸跟小樽的壽司大神學做壽司。那個年代，當地沒什麼中國人，我用半年學會基礎日語，一年學會握壽司，靠自己扎下根來。

前三個月，師父只讓我去屋外揉雪，在冰桶裡握冰，手掌凍得錐心，整隻手的皮膚都硬邦邦的。後兩個月，他讓我與每一條魚聊天，給牠們做按摩，一整套流程走下來，才有握壽司的資格。

那時店裡只做壽司，我閒不住，獨自研發料理，用荷蘭煙燻芝士配河豚，在扇貝上撒喜馬拉雅岩鹽，用紫蘇梅子汁搭配鱈魚白子，以及用山葵做佐料，拌鮪魚卵飯。師父是匠人，始終沒讓我把這些多餘的自研料理端上檯面，我只有趁他不在的時候，偷偷掛出隱藏菜單。

而後的幾十年，我去東京學過廚藝，在香港也開過店，最後選擇回國，可能還是想家。每天浸潤在料理臺前，被沉定安靜的異國文化洗禮，以至於習慣了這種一個人的柴米油鹽。出走半生，歸來成了獨身的中年。我的店名裡有個「寶」字，大家都叫我寶哥，或許我最寶貴的，就是把這半輩子的輾轉，做成一道道料理，留給有心人品嘗。

她問過我一個問題，為什麼做壽司的師傅都是男性。我說，因為男人對魚生克制，女人容易帶私人感情。她嗆我，不要與作家玩比喻。我老實回答，因為女人手心的溫度相對於男性要高一些，所以在捏壽司的時候，魚肉容易變味，並且我們為了保持低溫，要一直摸冰……

她打斷我，說：「你還是玩比喻可愛一點。」

我以為寫故事的人身上都是經歷，她卻笑著說：「大部分都是偷聽來的。」只要端著電腦在一家餐廳坐上一天，周圍人來人往，一定會收集很多故事。一個提出分手的女生和另一個還愛她的「媽寶」男；一個前腳還說著壞話，當事人來了之後立刻變臉的公司同事；一個剛掛掉妻子電話，回頭就給旁邊的小女生送項鍊的中年男人。

城市冰冷，人們的情感讓建築升溫。但一處處溫床上的男女，看似熱絡，其實都太寂寞了。每個階段都有不同的迷思，他們徹夜失眠、掉髮、早衰，習慣了最好的相遇，卻從來不會承擔熱情冷卻的責任，更不敢認真告別。

她說了很多別人的故事，但唯獨漏掉了自己的。她不說，我不問，這是我做廚師這麼多年，與客人保持的最佳默契。

昨晚，她又是最後一個離開的。

她反常地喝掉了一整瓶清酒，明顯已經喝茫。她拽著我，非要我再給她做一碗鮪魚卵飯。後來那碗飯她只吃了兩口，情緒有些波瀾，她說她明天就要離開北京了。

臨走時，她送了我一條紅色的Dior（迪奧）絲巾，我見她站不穩，試圖扶她，她朝我擺擺手，說叫好了車，就在樓下。

我伸出的雙手在空中凝滯兩秒，無處可去，只得順手在圍裙上擦了擦。

她扶著牆踉蹌地推開木門，離開前突然回過頭，問我：「你

知道我為什麼愛吃鮪魚卵飯嗎？你做的飯，跟我小時候在日本吃過的一家很像，那時我失戀，有個小師傅做的這碗飯療癒了我，他……很可愛。這段時間，麻煩你了，ありがとうございます（謝謝）！」

有句臺詞怎麼說的，說人生無悔，那都是賭氣的話，人生若無悔，那該多無趣啊。人生若沒有遺憾，又怎麼有勇氣把自己照顧好呢。

等她走後，我小心翼翼地把絲巾繫在工作臺的柱子上。從她第一次出現在店裡，我就認出她了。記憶被拉扯回在北海道的那些年，這個在我板前哭紅鼻子的女孩，我還以為是我做的鮪魚卵飯感動了她。

思來想去，應該不會有比現在這般更好的溫柔了。

掌心突然很涼，像剛揉過一團雪，於是我轉身選了一瓶捨不得喝的酒，它有個好聽的名字，叫「而今」。

嘿，今天你們有福了，老闆開心，全店半價。

article_#05

From 不會再下雪的水晶球

你的世界雪停了

你很久沒有回家了。

昨晚你突然回來，風塵僕僕地站在門口。母親穿著臃腫的棉質家居服，雙腳架在茶几上，見你回來，扔掉手裡的瓜子，躺回沙發上。你質問道：「電話裡說你心肌梗塞進了醫院，故意的嗎？」母親蹙眉叫喚：「我確實心口不舒服，不用這樣的方式，你是不會回家的，就算我死在家裡，你也不知道。」

外人眼中，你應是個不孝順的女兒吧。誰都可以這樣評價你，但你母親沒有底氣，她的車是你給買的，那些漂亮的首飾和包包是從你那裡拿的，說是請清潔員，給家裡添置物件的生活費，我可以做證，都被她自己吃喝玩樂、打麻將揮霍了。

你是個漂亮女生，這點要承認，的確源自母親的基因。她年輕時是鎮上的鎮花，伶牙俐齒，家裡又是做旅館生意的，風頭無兩[3]，好多年輕男孩追。不誇張地說，隔壁鎮裡的年輕人為了與她交好，專程花錢過來住旅店，對一切與她有關的事都心嚮往之。

---

3. 形容很出風頭。

二十歲剛出頭，她忽得怪疾，入了夜就渾身發燙，久臥不起。南城的算命先生告訴她，要找個八字全陽的男人結婚。她父母在鎮上到處打聽適合的八字，找到你父親的時候，他還只是個小木工。一個天降的媳婦，還是街知巷聞的美人，你父親沒有理由拒絕。他們很快成婚，荒唐的是，沒幾日，你母親的病竟真的好了。

她與你父親的結合，與愛情無關，只是一場天時地利的迷信。

婚姻給你母親的照拂，只是個虛假的空殼，她絕不會因為多了一個妻子的身分而脫胎換骨。她仍然貪玩，不著家，與那些不可靠的年輕男人混在一起，成日喝酒，常常過了午夜才回來。你那入贅的父親，沒有任何話語權，輕聲細語地乖乖伺候，生怕打擾宿醉的她。唯有的真心，他是真的愛你母親。

但那個年代，身體和心靈都有可棲息的地方，無人在意愛。

她生你的時候難產，足足生了兩日，你才肯出來。這也成了她怨懟你的說詞，說你是來討債的，生你是報應。這句詛咒揮之不去，加之他們家重男輕女，對你的態度更是雪上加霜。

家裡沒人願意帶你，幾乎都是父親照看，還不能過分關注，否則就會被她說他的心思全在你身上，不顧這個家。

你們的家庭影集裡，多數是母親孤芳自賞的藝術照，只有一組你出生百天的光屁股照片。有幾張正面裸露著，其實很令人不舒服，你並不覺得可愛。因為你外婆在你出生之前就買好相機，要給她的寶貝孫子拍百日照。天不遂人願，她也不想讓天好過。

你父親什麼都聽你母親的，付了學校每個月的餐費，就不再給你零用錢了。小地方的人容易釋放天性的惡，午飯常被一些男孩子搶了去，你根本沒吃的，實在太餓了，哭著找正在麻將桌上鏖戰的母親要錢，她撇著嘴，數落你沒用，不知道搶回來。有次嫌你礙事，大手一揮，錢掉在地上，她再沒理會你。

你收起眼淚，彎腰蹲在地上，將幾塊錢撿了起來。

在那個年紀，要承認父母不愛你，比一個人走夜路回家，更需要勇氣。

有一年春節，父親給你買了條薄紗的紅裙子，被醉酒的母親直接剪壞了。她咄咄逼人說你騷，父親終於忍不住，回嗆她，女兒才幾歲，怎麼能說這種話。這算是父親第一次反抗她。母親傻眼，開始撒潑，覺得他愛女兒勝過愛她。

可是她怎會需要你父親的愛，她最不缺的就是愛，招搖著五斗杯盞，早已溺愛滿溢。

他們那次爭吵伴隨著砸東西，屋裡狼藉一片。你穿著單薄的內衣，跑出家門。

大年三十，北方的氣溫懸停在攝氏零度，你哈著霧氣，抱著身體在街上流浪。其實你期待這樣安靜又自由的時刻很久了。

內衣的口袋裡，藏著十塊錢，那是你用撿了很久的塑膠瓶換來的。路過鎮上最豪華的精品店，你在櫥窗裡看見一個洋娃娃，好生喜歡。進了店才發現根本買不起，你在那個洋娃娃前徘徊許久，店員睨著眼看你，你小小年紀，禁不起審視，不好意思空手走，轉眼看到了在旁邊貨架上的我。

我個頭不大，擠在角落裡，身上落滿了灰塵，可能是天氣乾燥的緣故，球內的液體蒸發了不少。我的身體內有一座紅磚小房子，輕輕搖晃，空中漫捲的雪花緩緩落在房頂上，溫柔地包裹住小家。

店員朝你走過來，你花了五塊錢買下我，慌慌張張離開這家店。

我知道我是你退而求其次的選擇，但很榮幸，可以跟著你回家。

你將我放在書桌一角，我們共同度過好幾個四季，準確來說，我只是單方面地陪伴，你很少擺弄我。我身體裡的小房子是你望而卻步的標記，愈是盼望的，就愈證明缺少。

很多時候，我與你母親待在家中，他們家的旅館生意沒做下去，她也不工作，靠家裡的積蓄苟且生活。其實有件事你不知道，我很早就見過你的繼父。母親帶他來家裡的時候，你父親撞見過一次，但開了門鎖後，只能呆愣著站在門口，斂聲屏氣地觀察屋裡的動靜，連往前走一步的勇氣都沒有，而後退出去，輕輕掩上大門。

那朵花早就不香了，有些人還在低頭聞著。

多年前同樣掩上的，還有他並不值錢的自尊。所以這種男人，也不怪他會放棄你。他們離婚後，你跟著母親生活，像是從老家搬的舊家具，順帶著搬進她的新家庭。

他們結婚第二年，你多了個弟弟。他剛出生的時候 4300 克，同樣費力，但母親沒有一聲怨言。盲盒開出了寶藏男丁，家裡所有人都圍著他轉。

這些年，你從未吃過一個屬於自己的生日蛋糕，強迫自己懂事，幫著父母照顧他，凡事要讓著他，一整條魚，只能分到刺最多的部分。你漠然平靜地關注著他的成長，竟落得與我一樣——一個被遺忘在角落的水晶球，在自己的世界下著雪。

關於家的概念，如同被冰封的小房子，埋入大雪之下。

你沒上大學，高中畢業後在理髮店打零工，沒事的時候，翻看店裡的時尚雜誌。你對畫報上那些模特兒的妝容很感興趣，對色彩敏感，用所有的積蓄報了個美妝學校。

在那個美妝學校裡，你學會化妝，談了戀愛，打了耳洞，你隨意使用自己，要將那被束手束腳的自由，以成倍的方式拿回來。再次回到家，你已然變了一個人。妝容精緻，口吐蓮花，與親戚們關係融洽，儘管你知道他們並不是真的關心你，但俯視他們，是你最好的報復。

那低劣的母親，習慣在家裡製造焦慮，在親戚朋友面前表演家長，嫌你不務正業，找了個給人打扮的行業，扣帽子說你變壞了。這不過是你無聲的示威，僭越了她的邊界。

愈是有外人在，她罵得愈起勁。你不搭理，無聲勝有聲。酒過三巡，她實在沒面子，當著所有人的面，搧了你的耳光。

那天夜裡，你忽然湊近我，滿臉是淚，月光襯著你瘦削的臉，似一塊還未拋光的玉。你舉著我來回晃，顯然在思考什麼。

思緒未消，你昏沉睡去，眉頭蹙了一整晚。

第二天，你隻身去了北京。嚥下所有委屈，將自己武裝成一個戰士，用工作麻痺自己。有些人可以不用那麼努力的，但如果不讓自己忙碌，該死的回憶就會敲門。

你成了很厲害的化妝師，給很多大明星化妝，三十五歲那年，在北京擁有了自己的第一間房子。

母親不再年輕，皺紋爬上了臉，做了再多美容也還是看得出年紀。她無法靠自己成為人群的焦點，你便成了她炫耀的資本。母親將她的微信頭像換成你的照片，朋友圈發的也都是那些你給化過妝的藝人，還學你的口吻，寫著「妝髮 by 我女兒」。她直接向你要錢，不時丟來連結，學會了年輕人的直播購物，但這一切，都要她孝順的女兒買單。

久未回家的最高禮遇，是你在家樓下的麵館吃麵，老闆都會問你明星八卦，讚嘆你會賺錢。母親是你最好的私人新聞聯播。

那個從來沒有容納下你的家，竟然多了很多關於你的存在。牆上的全家福旁掛了好幾張你的照片，你小時候的臥室也為你空著，窗明几淨，還給你換了新的床墊和寢具，是那種你小時候喜歡的粉紅色公主風。非常諷刺的補償。

她總會摸摸你的頭，仔細端詳你的樣子，誇你好看，你確實會為這樣失而復得的溫存感動，直到喝到她為你煲的魚湯，你冷冷地放下筷子，說：「原來魚，是可以沒有刺的。」

那個當兵退伍的弟弟，到了找工作的時候。問他喜歡什麼，他說喜歡吃和做飯。母親拜托你，讓他跟著你去大城市見見世面。繼父在旁邊幫腔道：「畢竟你們也是同母異父的親姊弟。」你不客氣地回他一臉暗箭，說：「這還用得到你提醒嗎？！」

今時不同往日，母親也不敢對你嗆聲，場面一度尷尬。

你還是私下給了弟弟一個聯繫電話，那是你開甜品教室的朋友的。你打聽過，男性甜點師很受歡迎。退伍的男孩子做甜品，有反差，挺可愛的，主要能讓一個男人，學會溫柔。

全世界應該都不理解你為什麼會幫他。因為你記得，有一年弟弟生日，繼父將奶油最多的那塊蛋糕分給你，母親半路攔截，埋汰你，說：「幹麼搶弟弟的。」那時才幾歲的弟弟，將蛋糕推到你面前，牽起了你的手，說：「姊姊對我挺好的。」

你必須承認，你太需要愛了。即使練就了獨立的本事，親手殺死了過去的自己，但母親那些刻薄的話語猶在耳邊，午夜夢迴，仍能聽見身體裡的低喃。你看見自己趴在一個透明的塑膠房子內，母親上了門鎖，你向那個失敗的父親發出求救訊號，他裝作聽不見。

在我們心智成長的時候，很多認知的雛形來源於父母，這無形中影響著你，成了日後的魔障。與女性相處，不自覺帶著對母親的偏見；與男性相處，也會落入沒有安全感的予取予求。正因為見識過卑微到塵埃的婚姻，所以發誓絕不往深淵裡跳。

直到你遇見現在的男友，將一切業障打碎。他比你小八歲，但穩重成熟，用一切來愛你。究其原因，大概是與你家庭環境類似，他也是逃到北京的。你們就像兩個倖存者，抱團取暖。

北京突降暴雪，天地褪色，雪花紛揚。絨毛般的雪花落在脖子裡，又癢又冷，惹得人發顫，你們牽住彼此的手，決定結婚。

那次你回來，是來拿戶口本的，也是第一次帶他見你母親。母親嫌棄男方沒錢，拿你們的年齡差做文章，她免不了尋找存在感。你們陷入爭吵，男友心疼你，帶著你離開。你哭了一路，不明白她有什麼資格扮演母親，千萬不要告訴你，到了這個時候，她想散發母愛了。要知道，想要開始愛的時候，愛早就消失了。

那日你們走後，很久都沒有回來。母親也很少進你的房間，我的身上重新落滿了灰塵，身體裡的液體蒸發得只剩下一半，那個房頂的紅瓦裸露在外面，溺水的家，終於喘了口氣。

原生家庭造成的傷害，沒有明顯的傷口，只會不斷讓你在生活中承受各種情緒閃回，場景重現，你無從下手。有時只能修改自己的記憶，美化他們的形象，來證明你曾經應該被親情擁抱過。可實際情況是，他們所謂的變化，不過是因為老了，身體機能變差，在你面前變得膽怯，他們只會給你帶來永恆的負面體驗。一場突如其來的霜凍，就足以讓他們腰肢摧折，原形畢露。

你可以安慰自己，不計前嫌，反正你們相處的時間也就剩下這寥寥日子，但你必須承認，你想要的愛，從來沒有光顧過。

此刻的你站在門口，一個小時前，你接到繼父的電話，說母親心肌梗塞進了醫院。你已經很長時間沒有回來過了。你放下手頭的工作，放了合作藝人的鴿子，一路從北京開夜車回來，穿過茂盛的蒿草和石子小徑，甚至闖了好幾個紅燈。你也不知道為什麼要趕這段路，只是聽了太多人新冠陽了之後，心肌梗塞離開的例子。你沒做好送走她的準備。

但這一次，她還是成功地讓你心死了。

母親從一個凌厲的老婦人姿態，轉變成她拿手的一副楚楚可憐的樣子，淚眼婆娑道：「女兒啊，我們到底有什麼仇什麼怨，我辛苦把你拉扯大，我也不容易，你為什麼不原諒我啊。」

你只是流了眼淚，沒有回答她。

如果需要回答，三十歲的你會說：「因為你否定我的愛情，就像你曾經否定父親一樣」；二十歲的你會說：「你當著親戚的面搧我的那記耳光，到現在我心裡還留著印子」；十歲的你會拿起那條被她剪壞的裙子，扔在她身上，告訴她布料被剪碎的聲音，譜成了你耳邊揮之不去的童謠。

說實話，你心智成熟以後，我最怕看到你跟家庭與回憶和解，那或許是你與母親餘生最好的結局，畢竟世俗喜歡看到這樣的故事。但親愛的，世界強行塞給你太多規勸，我們無法選擇家庭，但是可以選擇親手解綁自己的童年。

不原諒也沒關係，不要再對他們有期待，也不要渴求那些不存在的愛，而是在自己的課題中，學會愛。

你來到臥室，翻了翻過去的物件，將桌上的我拿起來，像是當初從精品店的貨架上發現我一樣。那時的你，小手冰涼，對未來充滿膽怯，但現在的你不一樣了，我感受到你身體裡的堅定。

你將我晃了晃，遺憾的是，所剩無幾的液體已經漾不起雪花，但是中心的小房子，終於完整露出了它安靜的全貌。一個你可以放棄的安靜的小家，以及你期待中的安靜的小家。

我其實期待過，你會帶我走的，但最終你還是放下了我，挺好的。該告別了，有些人和事，不要再出現在你的人生中了。

我知道這應該是你最後一次回來，也知道這是你第一次，徹底去愛。

article_#06

From 「你敢捏我一下試試？！」的軟柿子

軟柿子的告白

我曾經是一個很硬的柿子。

不要想歪，只是滿肚子果膠，筋很硬，但脾氣不硬，說話聲音細，特好欺負，偶爾舔一下自己都嫌澀，難怪成為駐守冰箱的「廢柴」。

來這個冰箱的第一天，我遇見了三顆同樣很硬的奇異果，他們撩撥著身上的絨毛，帶我瘋玩了三天三夜。後來才知道，他們一個月前就在這裡了，靠資歷混成了老大哥，願意帶我玩，主要是沒見過我這樣的「金剛芭比」。我很快成了他們的小弟，每天屁顛屁顛地跟著他們收租，胡吃海喝，懲善揚惡。

奇異果A總說自己是來自紐西蘭的貴族，奇異果B是熱情的頹廢者，佛系玩家，奇異果C的MBTI[4]應該是ENTP[5]，聊天的時候像在打辯論。我們發誓要做一輩子的朋友，但奇怪的是，只要我用他們對待我的方式對待他們，他們就會生氣。

---

4. 一種迫選型、自我報告式的人格測驗。用以衡量和描述人們在獲取資訊、做出決策，以及生活取向等方面的心理活動規律和人格類型表現。——本書腳注均為編者注

5. 即外向、直覺、思維和判斷的人格類型。

article_#06

早晨和傍晚，冰箱大門會打開一次，世界會突然亮起黃光，他們稱之為「餓鬼祭」。祭日的儀式，是冰箱裡最好看的食物要被外面的人吃掉。唯一自救的辦法，就是摳腳、打嗝、放屁，怎麼醜怎麼來。

我用力扮著鬼臉，扭頭一看屎黃色還冒著臭氣的奇異果三兄弟，被醜得心服口服。果然，他們三人被巨大的手掌抓走，可惜畫風突轉，被直接丟進紅色的塑膠桶裡了。

失去他們後，我整日流淚，硬邦邦的心都快化了，直到你出現。

你是一個身上噴了香水的梨，靠近你，就會聞到夏威夷海水的味道。儘管我沒去過那麼遠的地方，但傳說夏威夷的水就是甜的。

你的出現自帶背光，所有人都說你不會在這裡太久，於是沒人敢靠近你。

那晚我孤單得很，去樓下的白葡萄酒兄弟那兒討了點酒喝，結果一兩杯就醉了，眩暈著回來，不小心被你頭上的把絆倒，直接栽在你身邊。

你說：「路都走不了，還敢學別人喝酒。」

我帶著醉意喃喃道：「我好像聽見你在說話。」

你回：「你是柿子，又不是聾子。」

真是集顏值與才華還有體香於一身的極品啊。我自慚形穢，氣都不敢出，倒是你，半夜三更的，傾訴欲旺盛。

你來這個冰箱前，曾是香蕉最好的朋友，和一大群「同胞」住在一個水果店的冰櫃裡。某天，香蕉和蘋果戀愛了，少年的初戀，會讓他的身體和心理開始全面地成熟。香蕉就是那種談一次戀愛，成熟度就上升一百萬點的。他們戀愛以後，會各自去幫其他朋友做感情輔導。

那時的你，沒多少勇氣，否則怎麼會以摯友的名義暗戀香蕉那麼久。後來，香蕉和蘋果被紮著馬尾辮的女生買走了，故事到這裡結束。

我問：「你不難過嗎？」

你說：「往事與舊人，自有他們的好，因為可以念念不忘。」

聽完你的故事，我咬牙道：「我一定會好好記著我的奇異果三兄弟。」

你不置可否，給了我一個意味深長的笑容。

第二天一早，你把我拍醒，非要帶我入門練瑜伽。我一看時間，七點。我從沒這麼早起來過。結果一天的時間變得好長，長到第一次徹底感受四周的霧氣，大地凝結的水珠，世界間或的轟鳴。

好美啊。

瑜伽有個動作是要關注自己的呼吸，我身體硬，一根直腸，一吸一呼就放屁。自尊心受挫，我累到虛脫，徹底「擺爛」，大吼一聲，「我硬怪我咯」。你在一旁樂不可支，說：「這聲音配上你的動作特別可愛。」

我問：「你在騙我吧，他們都說我是『金剛芭比』。」

你回：「玩笑開多了就是別有用心，好朋友不互相吐槽，只會一起吐槽別人。」

有的話，看似不直接構成傷害，就像一根根軟刺，有一天你感覺到手指痛了，但怎麼也揪不出那些刺，因為都是很久以前刺進的。

小時候因為別人的眼光而戴起的那張小丑面具，習慣之後，就再沒放下來過。

我喜歡聽你講話，還有幸真的跟你成了朋友。你說我聲音好聽，拿來一首歌，讓我唱出來，是陳奕迅的〈葡萄成熟時〉。你特別愛聽他的歌。上一首聽哭的歌，是「你給我聽好，想哭就要笑」。

「你要靜候，再靜候，就算失收，始終要守。」

你說我唱得比說得好聽，於是專為我組建了一個唱詩班，我是主唱。每天除了練瑜伽、聽風看霧以外，就是排練。你找來藍莓團當合唱，白葡萄酒取掉帽子就是鼓手，酸奶碰杯就有一段旋律。

幾天後我們第一次登臺表演，我將緊張嚥進肚子裡，閉上眼都是你忙上忙下的樣子，還有你身上的海水味道。你說：「柿子兄弟，你可以的。」

那天的表演很成功，但我必須告訴你，其實我唱到一半走神了，因為想起那道黃光好像很多天沒來了。有些事禁不住想，冰箱門突然開了一道縫，所有人愣住了，音樂戛然而止。我立刻跳下舞臺，站直身體，努力扮鬼臉，把臉憋得通紅。你來到我身邊，說：「不用怕他，這是我們的使命，是我們來這個世界的目的，對著光大笑就好了。」

我怕極了，顫抖著齜牙咧嘴，露出好醜的一抹笑。

我問：「我是你的朋友嗎？」

你點點頭，說：「朋友分兩種，你和其他人。」

我一直都很好奇，你身上究竟有什麼東西是我沒有的。

直到那天，我在既定的生理時鐘裡醒來，不過是慣性地伸展了腰，忽然覺得自己好輕鬆，身體裡的組織和細胞就像聽到了進攻的號角，紛紛起身。

我變軟了。

舔舔自己，竟然有一點甜味。

那是夢裡的，夏威夷海水的味道。

但是你不見了，白葡萄酒說，昨天半夜，你被外面的人取走了。

我沒哭，因為我知道，你完成了你的使命。

後來循此短暫一生，我忘記了很多人，但就記得你。忘記了很多一個人的雨天，但記得與你在一起的晴朗。我終於知道你身上的那個東西，叫做乙烯，很難形容它，大概就像外面世界的太陽。

現在我也有了。

不管這些話你能不能聽見，我都想說，要不是因為你陪我失眠，講故事，看霧，聽世紀末的轟鳴，聽陳奕迅的歌，拉我早晨七點起來練瑜伽，開心時喝酒浪蕩，難過時喝茶養生，說我的聲音好聽、動作可愛，讓我大聲唱歌，一起停留，一起努力，收集全世界的趣味，最終讓我成為現在的自己，傻瓜才想跟你做朋友呢。

希望你眼中的我，也是這樣的，朋友！

article_#07

From 傲嬌勝女是我沒錯

單身的快樂
你不懂

這位昨天跟我相親的年輕男子，不好意思，我習慣早睡，你發的微信沒顧得上回。我單身，不代表我隨時有空。

實話跟你說吧，這次相親是我媽安排的。過了二十七歲，她每年都會給我幾個選項，逼著我見見面。但她催她的，我過我的，沒必要反駁，當吃頓飯認識個朋友好了。前面有兩個還不錯的男士，一個成了在老家幫我跑腿辦證的，一個成了我「深櫃」閨密。

平時周遭都遇不上彼此看對眼的，靠相親能成的機率，跟中彩票差不多。碰見合適的了，怎麼還輪得到昨天跟你這一局。

你除了話多，還算紳士，哪怕只是相處了一頓晚飯的時間。喝酒之前，你用冷笑話湊話題，小酌幾杯後，開始毫不避諱地講自己的過去。大概悲傷已成往事，才能像個說書人一樣輕易擺弄談資吧。只是你太急迫了，幾次話鋒一轉，就哽咽著落到害怕單身的話題上，為自己不尷不尬的年紀焦慮。

昨天我是傾聽者，今天跟你說說我的生活。

我早已經與單身握手言和，甚至享受單身了。這個過程特別難。我也有恨嫁的時候，看不了愛情片，讀小說裡恩愛的故事都覺得心碎，害怕所有情人屬性的節日，商場裡那些粉紫色的裝飾是噩夢，甜品站的第二杯半價是這個世界給的終極惡意。

此前還能用工作把時間撐滿，後來工作也不順心，人生從此空白，閒了三個月，死了的心都有。

沒有工作的第九十二天，我在小紅書「種草」了一臺烤箱，學著做蔓越莓餅乾，結果一發而不可收，愛上烘焙。

我可愛腦袋一來，還拿著餅乾去我心心念念很久的一家4A（美國廣告協會）公司面試。HR（人力資源）問我：「為什麼要做餅乾？」我說：「閒的，無愛可做，就做生活。」後來我真的去了那家公司，每天除了給各家客戶寫故事，還要給他們帶餅乾。

除了烘焙，我一週上三次皮拉提斯課，兩次動感飛輪健身課，養了一隻叫李奧納多的柯基犬，一條叫「紅鯉魚與綠鯉魚與驢」的金魚，還給窗臺上的每盆植物做標示。每個月的薪資會有固定比例給出租房添置家居用品，找同伴去夜店、吃飯、看戲、做臉。到了週末就愛整理房間，給沙發、毛絨公仔除蟎，在我的盲盒牆前挑選今日陪吃陪睡的崽，用扭扭棒製作貓狗，追真人偶像和動漫偶像的劇集更新，敷上直播間搶來的打折面膜，看著最不費腦的「電子榨菜[6]」。不僅如此，我還會換燈泡、通馬桶，讓我疏通下水道我也可以硬著頭皮上。

這種匆忙不是一兩天就能轉變的，而是連帶效應。當對一樣東西開始產生興致時，就會對整個世界好奇。

我的行事曆已然如此擁擠，哪兒還有時間跟一個湊合的人互相周旋，自證誰愛誰多一點，軍訓似的報告早安午安晚安，關心對方的吃喝拉撒睡——睡不睡別人，再因為雙商三觀問題鬧得不可開交。想想都頭疼。

我最愛的村上春樹說：年輕的時候經歷這樣一些寂寞孤單的時期，在某種意義上也是必要的吧？對於一個人的成長來

6. 用餐時看的短影音。

說，這就和樹木要想茁壯成長必須扛過嚴冬是一樣的。如果氣候老是那麼溫暖、一成不變的話，連年輪都不會有吧。

其實孤獨的狀態，才是與真實的自己最接近的時候。熱鬧特別容易，約上三、五個朋友，混著眼淚吃喝一場，跟這世界是趨於一致的聒噪。只有自己一個人時，才能聽清心裡的聲音，看到平日忽略的細節。你一個人都活不出趣味，還怎麼指望兩個人生活？

愛一個人不是加法，是乘法。在相遇之前，讓自己成為一個漂亮的數字，你們在一起，結果才能無上限。若你是零，是負數，遇到任何還不錯的人，最後對方都無法帶你走出寂寞，到頭來還是一場空。兩個人抱著期待看一場愛情電影，最後面對悲劇結尾，你流著淚問為什麼，其實心裡早就知道了答案。

你不是一個沒長大的孩子，但凡剖析一下自己，就知道你的很多焦慮其實與經濟地位和情感狀態沒關係，大多數是庸人自擾，覺得孤獨，多半是閒的。我們就是看過了太多所謂的成功模組，就不相信自己這個版本才是最成功的。

這個世界本就是一則巨大的規訓，小時候爭做「別人家的孩子」，早戀罪該萬死，長大了又必須變成戀愛天才。為了事業步履不停，剛抱住城市的腳脖子，又該結婚生孩子了。三十而立就是個笑話，很多人到了三十歲，都還沒有真正成年呢。反正什麼話都是別人說的，別人覺得你該如何如何了，你真的聽進去了，你自己說的話呢，一句也沒聽見。

輕舟已過萬重山，知道怎麼過的嗎？你是小舟，躺（淌）著過，高山們杵在那兒，巋然不動，就動動嘴皮子，這又能奈我何。

這兩年，我有過一次以為是一輩子的愛情，可現實是互蓋一被子可以，共用一杯子也可以，但拚上時間，很多人就不可以。

分手那天我沒哭，連一點掙扎都沒有，特豁達地去廟裡燒了三炷高香。從前的我害怕很多事，害怕一個人睡，害怕不夠漂亮，害怕考試不及格，害怕沒朋友，害怕家裡人老得太快，害怕養活不了自己，害怕在愛情裡受傷……那麼多害怕的事，大多都沒發生，即便發生時黑雲壓城，竟然最後也都是以溫柔的姿態留在我的回憶裡。

後來我明白了，任何關係到最後都是相識一場，有些人出現在你的生命裡，就是為了階段性陪伴，開始時愈是情濃，回憶起來愈是輕描淡寫，你不答應，時間會束縛你的雙手雙腳，逼著你承認。

舞蹈精靈楊麗萍女士說過：有些人的生命是為了傳宗接代，有些是享受，有些是體驗，而她是生命的旁觀者，她來世上，就是看一棵樹怎麼生長，河水怎麼流，白雲怎麼飄，甘露怎麼凝結。

作為「戲精」的我，來這世上，就是看一個帥哥怎麼生長，餅乾模子裡的奶油怎麼流，秀優越的傻子怎麼飄，冰箱裡的面膜怎麼凝結。或許有一天我碰上一個命中注定的人，我們一定會因為愛情而走到一起，而不是走到一起來碰碰看有沒有愛情。

放輕鬆，愉快的事還有很多，日子是自己的，幸不幸福自己最清楚。別說那麼多人到了適婚年紀就結婚了，那麼多人還早死呢，我們是不是也要趕著加入啊。

我這麼努力的女生，一定會有人愛的，不勞費心。倒是你，中國總人口男女比為 1.05：1（第七次中國全國人口普查公報數據），女生們都獨立，很多男的還合併同類項了，你真的那麼想結婚，要加油了。

還有，你的冷笑話真的不好笑。

article_#08

From 也將成為小船的女兒

小船

知道你沒有多少耐心，但請一定要看到最後一個字。

你自責過，說一定是自己哪裡沒做好得罪了神明，才把報應落在我們身上。但我想，或許不是報應，而是考驗，因為我們還不夠成熟，所以未來的那個小朋友才躲在天上觀察，不肯來我們家，找我當媽媽。

我曾以為最壞的人生不過是這樣了。

兩次子宮外孕，正巧受精卵一邊停一次，腹腔鏡進去，滿肚子的血，最後切除了一側輸卵管。進手術室前，你握緊我的手，放在唇邊親吻。想起小的時候，我跟你比手的大小，攤開五指還不及你的掌心大，我那時就覺得，爸爸的手，就是全世界。

我躺在床上虛弱地問你：「爸，我是不是這輩子都要不了小孩了？」你紅著眼安慰我：「沒有小孩，一樣可以很幸福。」

我不是必須要小孩的，這點女性的覺知還是有的，生育自由，自愛為大，我確實能找一萬種讓自己幸福的辦法。但你懂我的性子，決定好的事沒有達成，總會百爪撓心。遊樂園的門票捏在手上，城堡都看見了，哪兒有不讓我進去的道理。

我很幸運，被愛著長大，我也想能有一個人，讓我捧在手心怕碎，含在嘴裡怕融化，成為我的底線，健康平安地長大，去遍人生所有華麗的樂園。

說實話，這幾年因為懷孕的折磨，我過得並不好。不是身體的消耗，而是心被傷透了。我相信你能感受到，要不然你怎麼總刻意避開孩子的話題，給我發微信的頻率也日益增加，我都三十多歲了，還不停叫我乳名。

與這個男人結婚，你是第一個投贊成票的。有個故事說，女兒結婚，做父親的會覺得養了多年的白菜被豬拱了。但我們家不一樣。因為你燒得一手好菜，他好吃，常來我們家待著。你怎麼說來著，拱沒拱你的白菜不重要，反正人家養了快三十年的豬肯定是丟了。

婚禮在仲夏。我穿著婚紗挽著你，在賓客見證下，你要陪我走完這一段漫長的交接儀式。這一路你顫抖得厲害，來到他面前，你沉吟片刻，用力深呼吸，終於還是抬起我的手，將我交給他。你看著他，表情深切而凝重，突然扯著嗓子喊：「她的一輩子我沒法全部參與了，但你可以，你要保護好我女兒！」

這句話把在場的人都弄哭了，我眼淚如注，你卻咬牙緊繃著淚腺，特別傲嬌。後來從攝影師給我的照片上看到，你獨自轉身下臺，咧著嘴哭得像個孩子。

平日你霸道、堅韌，隨時都有一副成竹在胸的淡然模樣，上次看到你這麼難過的表情，還是在爺爺火化的時候。

他是我交的第三個男朋友，算是完全在我標準之外的非典型帥哥，心裡有童話，也有世故的成熟，與他在一起，有種踏實的浪漫。倒是我的前兩個男友，讓你費了不少心。

第一次戀愛在大學，那時年少，我是個只有少女心的外貌協會成員，認為寬肩濃眉，嗓音溫柔，頭髮抓得立體有型就夠了；後來入了社會，尋求靈魂的共鳴，誤以為嘴裡含著蜜的就有有趣的靈魂，最後無疾而終，免疫了所有情話，落得兩手空空的下場。

也是這兩段愛情，讓我明白，靠近一個人，要慢一點，確信你能看清他；離開一個人，要快一點，不然真的會捨不得。

決定與他結婚挺突然的。那是一個普通的週日，我們在城西看了一個全是各種貓狗黏土作品的展覽，吃了一頓重口味肥腸火鍋，最後看完一齣舞臺劇，演員在臺上揮手謝幕，我在黑暗中哭得上氣不接下氣。包包裡只剩一張紙，我擦完鼻涕，回頭看他，他也滿臉是淚，我特別大方地撕了半張紙給他，我倆面面相覷，伴著尷尬的淚痕，笑了出來。

每次在劇場看謝幕我都容易哭，總有種恍如隔世的永訣之感。但是那一天，我突然心領神會，真的不求全世界理解我的感受，若身上的「顆粒度」能有一個人與之對齊，那才是幸福。

我想與他融為一體，再附贈一輩子的衝動，比起山盟海誓更有儀式感的，只有靠國家認可了。

結婚當晚，我們回家裡吃飯，由於先斬後奏，的確有點愧疚在心，我不好意思開口，字裡行間就扯來別人的故事給你暗示。我媽一聽就懂，神助攻了整晚你都無動於衷。晚上等大家睡著了，你發來一則訊息，說：「婚後如果你們處得不開心了，你一定不要來找我訴苦，因為你一定會原諒他，但我不會。」

在愛情這件事上，你一直都隨我心意，因為你從我小的時候就對我百般好，就是希望我不要被別人用一個小蛋糕就騙走。但你也清楚，我不是那種好惹的女生。

高中我迷戀彈吉他，與前桌的男生上課傳字條一起寫一首曲子，被班主任逮個正著，她當著全班同學的面朝我喊，不聽她的課就滾蛋。我當場摔了凳子，抱起吉他離開教室。來到教學樓下的花園，我撥弄琴弦，靠著天然的立體環繞音，彈起寫了一半的曲子。

我名副其實地年少輕狂，但那個男孩沒敢下來，倒是學校把你請來了。你當著老師的面承認學音樂浪費時間，我回家與你大鬧一場，說你兩面三刀，背叛我。

小的時候，是你鼓勵我學音樂的，你購買一架電子琴，我在練音階段練到崩潰，你搬個小凳坐在我身邊，厲聲教訓我，好不容易找到自己的愛好，哭著也要堅持。

我流的淚，畫的譜，手指破的皮，怎麼最後就成浪費時間了？

我不解，拚命抵住門，你在門口好認真地跟我道歉，你說有些事只有我長大才能明白，成人世界的謊言有時沒有惡意，只是生存手段而已。你也是第一次當爸爸，可能未來還會做很多不好的示範。

這句話與後來看的韓劇《請回答 1988》裡，德善的爸爸對她說的一樣：爸爸我也不是一生下來就是爸爸，爸爸也是頭一次當爸爸，所以，我女兒稍微體諒一下。

每次看到這一段我就忍不住淚目，懷過兩次孕後，體會更是不同。

做爸爸這件事上，我能給你打個高分。

打從我記事起，你對美食就特別講究。你那時剛從老家到城市裡來，為了工作沒日沒夜地應酬，但不論你渾身酒氣回來多晚，都會給我帶好吃的。滷雞腳、豌雜麵、桂林米粉、樂山燒烤……被我稱為「爸爸的深夜食堂」。你為這個家很拚命，我卻不爭氣，拿著數學二十分、物理五十五分的期末成績單，伸出小手準備討打，你摸著嘴角的鬍碴若有所思，好認真地分析道：「看來你日後適合讀文科。」

我就欣賞你的與眾不同。

這要歸結於生我之前，你那段堪比電影情節的冒險青春。在那個年代，讀本地職高的人居多，你卻天生反骨，獨自一人離家去讀航海科系，畢業後分配到遠洋公司成了船員，遊走在世界版圖之間。你和我媽是在威尼斯認識的，水城的道路逼仄往復，街頭巷尾時常遇上死胡同，城市看似不大，但方向感不強的人進去就容易迷路。你與我媽同時迷路在岸邊，兩人一見如故，你邀請她去你們的大船上共進晚餐，幾個船員起哄助攻，年輕的荷爾蒙[7]作祟，互看對方幾眼，成就了一樁喜事。

我媽生下我沒幾天，你就啟程了。這次的你身分進階，你知道我和媽媽在家裡等你，於是一切都變得格外謹慎。在市集買的水果要洗乾淨才吃，絕不冒失與異鄉人起衝突，出海後天

7. 也稱為激素。

氣稍有變化就死死盯著預報和雷達。結果驗證了墨菲定律。離開法國那天，你們開著一艘新船回國，遇上妖風，船無法靠岸，差點喪命。

回國後你就決定辭職，放棄自己偉大的航海事業。看過星辰大海，世界無垠，明白生而為人，不過是大自然的一頁注解，你有更重要的事要完成。於是你回歸家庭，徘徊於廚房和嬰兒床，甘願成為一艘小船，讓我騎在你身上，親自帶我靠岸。

回憶到這裡，已經足夠感動了。

爸，你已經在能力範圍內給了我們最好的，失去了自己的世界，卻成了最好的父親。這到底是好事，還是壞事呢？我不會替你作答，因為我也想親自找到答案。

還記得我小的時候，問你我是怎麼來的嗎？你說，我和一群小朋友賽跑，跑贏了。生命或許就是一場從無到有，從有到無的輪迴吧。要告訴你一件事，有一個小朋友，紅著臉蛋很拚命，這次終於跑到了終點。

因為這個小朋友可能看見了，有一位特別好的外公，正在家裡默默等候著。

article_#09

From 宇宙先鋒阿奇

偷聲音的人

親愛的NASA（美國國家航空暨太空總署）：

我叫阿奇，我想申請太空人的工作。雖然我今年只有十歲，但我覺得我有這個能力，因為我不屬於地球。

偷偷跟你們說個祕密，我身上有超能力，能聽見大家心裡真實的聲音。

這個祕密我只跟兩個人說過，一個是我最好的朋友邦妮，一個是我的鄰居姊姊，但她不相信我，心裡總有個聲音說：小屁孩胡鬧呢。

這種超能力是怎麼實現的呢？當我與別人聊天時，我只要直視他的眼睛，他說話的聲音就會變小，我便能聽到他身體裡說出的另一段話，與他的口型完全不一樣。有時甚至那個人都不用張嘴，我只要認真看著他，就能聽見他的心聲。

比如我的同學說：「我沒有複習，今天的自然課測驗肯定完蛋。」但我聽到的卻是：「我把昆蟲章節全都背下來了，哈哈，傻瓜。」

我個頭很小，眼睛也不大，臉上都是雀斑，與電視裡那些帥氣的太空人比，差了一點點。但是大人們都常誇我好看，喜歡圍著我送上最好吃的糖果。其實我能聽到他們的心裡話，因為覺得我和其他人不一樣，所以要表現出同情，隨時隨地像個善良的人，畢竟上帝是他們的老師。

大人總是習慣撒謊。

鄰居姊姊有一個大塊頭男朋友，很像《野蠻遊戲：瘋狂叢林》裡的史摩爾德．布雷史東博士。他們經常來我家吃飯，姊姊生日的時候，布雷史東博士送給她一個小禮盒，我看見姊姊的眼睛裡有星星。她小心翼翼地拆開盒子，裡面裝的是十張披薩餐廳的兌換券，那些星星瞬間就消失了。姊姊用力拍著布雷史東博士的手臂，與我們說：「好貼心的禮物，我最愛吃披薩了。」但我聽到的真相是：「為什麼不是戒指，向我求婚會死嗎？誰愛吃披薩找誰去吧！臭男人！」

這肯定是真話，布雷史東博士愛出汗，身上真的很臭。

姊姊很喜歡布雷史東博士，布雷史東博士也很喜歡她。可是姊姊總不說實話，讓布雷史東博士去猜，明明在乎很多事，卻總是假裝不在乎。天知道，為什麼他們到了大人的年紀，還愛玩猜謎遊戲。

媽媽說兩個人互相喜歡的機率，就像是中頭獎的彩券。我無法想像有一天我隨便買一張超級英雄卡，就抽到珍藏款，那我肯定會愛它一輩子的。人們總想要好運氣，有時其實得到了，他們根本分辨不出來。

我一定會承認，我喜歡邦妮。因為她說很多詞語的時候，舌頭會發出長長的捲舌音，其他同學都笑話她，可我覺得這很特別。還有，她頭髮上的玫瑰髮夾真的很可愛。

除了超能力之外，我還看過所有的太空電影，我喜歡《星際大戰》和《銀河便車指南》，我有義務保護宇宙的和平，避免銀河共和國和獨立星系邦聯再一次太空大戰。

我在很認真地向你們訴說，希望你們不要拿我當小孩子看，認為我在胡鬧，我已經是十歲的男子漢了。因為尤達大師說了，要麼做，要麼不做，沒有試試看。

媽媽總拿我當小孩子看。自從穿著白袍的怪醫師說我腦袋裡的東西和別人長得不一樣之後，她就對我格外照顧。從我很小的時候開始，媽媽每天都會帶我去一間消毒水味道很重的醫院裡做運動，大概就是踩在機器上，被人來回掰弄手腳和腦袋。我其實不喜歡別人這樣碰我，感覺自己像提線木偶。

我很晚才學會說話，終於開口叫「媽媽」的那天，她哭得好傷心。我聽到媽媽心裡的聲音說：謝謝上帝保佑，我們阿奇只是發育慢，不是智障。

我的媽媽是全世界最好的媽媽，我很心疼她。她帶我去超市，總是在同樣顏色的蔬菜和肉面前糾結很久，最後一定會選最便宜的那種。後來大家吃壞了肚子，她哭了一個晚上。

我在想，大人們為什麼總是做退而求其次的選擇，選了，又反覆後悔。如果我在櫥窗看到我最想要的 BB-8 機器人，只要有足夠的錢，我要麼買，要麼不買，不會委屈自己買它旁邊的巴斯光年。

我出生之後，媽媽放棄了律師的工作，全心照顧這個家。爸爸在外工作，經常喝醉回來，媽媽也不顧他是不是清醒，總愛跟他理論。她的口頭禪是「按道理」，有次她和爸爸吵架，他們互相看著對方，像在看一個仇人。媽媽心裡的話衝出來，她說：「按道理我不需要失去我的工作，當全職太太，還弄成現在這個狼狽的樣子！」

我的出現，讓她的快樂與難過一半一半。我吃完了一大碗蔬菜飯，她就很快樂；白袍醫師說我的發育進展緩慢，她就很難過。

她始終是女孩子，堅強了那麼久，也可以有脆弱的時候。

我曾經做過一場夢，夢裡在遠離地球好幾光年的地方，我駕駛著用自己名字命名的「阿奇」飛行器，飛向一個紫色的行星。半路能量採集堆被隕石打破，飛行器損毀，我終於穿上我白色的太空衣，跳進了黑色的宇宙裡。

我真的覺得我飄浮起來了。

第一次有這種飄浮感，是遇見邦妮的時候。那是開學第一天，老師讓我們每個人上臺自我介紹，還要把名字寫在黑板上。我只會用左手寫字，而且寫得非常慢，因為著急，字寫得更加歪七扭八。名字沒寫完，就聽到臺下的笑聲，那些刺耳的真話全部衝進我耳朵裡：「哈哈哈，他還不會寫字啊，他原來是個傻子啊。」

放下粉筆，我埋著頭，背對著大家說：「我叫阿奇。」臺下又笑。我跑下臺，告訴老師我想上廁所。

這不怪我，男子漢緊張的時候，就想小便。

課間很多同學圍著我，像在動物園觀察動物，他們沒說話，但我也聽見了「智障」、「傻子」……這其中說得最大聲的，是一個光頭男孩。我盯著他很久，聲音老是不肯消失，我受不了了，朝他大聲說：「我不是傻子，我只是懶得跟你們說話。」

他愣住了，然後踢翻我的課桌，向我示威。旁邊的同學也開始學他，踢我凳子，朝我吐口水。小孩子的把戲就只能這樣。

在我快被他們推到地上的時候，邦妮從人群裡擠出來，將我護在身後，用她的小捲舌，眼淚汪汪地朝他們喊，不許欺負同學。

他們的笑聲更大了，鑽進我耳朵裡的「傻子」變成了「傻子和大舌頭」。雖然我知道這是嘲笑，但有點酷，聽起來很像是火箭浣熊和格魯特這樣的組合。邦妮回過頭，看向我的眼睛，我清楚地聽到她心裡的聲音，她說：「不要怕。」

我不會怕，這是太空人要具備的基本心理素質。

我牽住邦妮的手，帶她跑到教室外面的庭院裡。我們在一棵巨大的橡樹下並排坐著，也是那天，我告訴了她我的超能力祕密。她一開始還不相信，我就讓她心裡想一種現在最想吃的食物，但不要說出來。她好認真地閉上眼。我聽到了，向她擺擺手，說：「甜甜圈吃多了牙齒會壞掉。」她睜大眼睛，嘴巴都合不上了。

我又測試了她最喜歡的動畫片、最愛的玩具，還有長大的夢想，全都答對了。邦妮摸了摸頭上的玫瑰髮夾，伸出小拇指，小聲說：「我知道了你的祕密，所以我必須成為你的朋友。」

我笑得快飄起來了，與她打勾勾。

她是我最好的朋友，也是我唯一的朋友。我們倆一起坐在食堂吃飯，一起看動畫片、打遊戲，我們什麼祕密都可以分享。我才不會像地球上的大人，總是把最好的一面留給陌生人，卻對親近的人發脾氣，還不是仗著他們不會離開。

大人還有很多奇怪的東西。人多的時候覺得孤單，一個人反而自在；明明心裡面很討厭的人，卻仍然願意碰上對方的酒杯，假裝喜歡；他們不直接拒絕，總會編很多理由來解釋，可是「我不要」、「我不想」不就是個完整的句子嘛，說出來又不會怎樣；他們最愛說「改天見」、「下次見」，其實都在一個城市，根本見不上幾次面；他們晚上不睡覺，白天睡到很晚；他們看著很善良，但其實很有分別心；看到路邊的乞丐叔叔，心裡會說，又在騙錢吧；看到有人取得成功，會說，還不是運氣好。他們不太會真心為別人鼓掌，可能是抬起手比較費力，因為他們不愛運動，心裡卻總喊著要健康。

親愛的 NASA，我是阿奇。我來自地球，可我卻不屬於地球，我覺得我有更偉大的使命，希望你們可以考慮我的申請。我寫字寫得很慢，所以這封信我寫了很久很久，但是我年紀還小，有足夠的時間寫完。

天上的星星好亮，我偷聽到銀河說的真話，它說：「每個天生不同的孩子，都是宇宙的奇蹟。」

article_#10

From 你勇敢的第二人格

公主鬥惡龍

如果要給人類史上最沒膽的人頒獎，那你絕對實至名歸。

幼兒園裡十個餛飩被別人搶了一半，你寧可餓著肚子也不說；上小學被同學用水筆劃滿一臉，你回去騙家人，說是大冒險的懲罰；再大一點被高年級的同學騙錢，你安慰自己，破財消災。小小年紀，你懂什麼是災嗎？大學爭獎學金名額，眼睜睜看著比你不行的人走了後門，你將世界拱手相讓，甘願在這樣的不公平裡做個幕後的當事人。

你從小到大都是這樣，永遠合理化自己所有的遭遇，不只是因為畏懼，我太瞭解你了，討好了全世界，從沒有討好過自己。

你不是那種漂亮得特別明顯的女生，反射弧永遠比別人慢一個季節，穿著早已過時的森女系服飾，留著毫無層次可言的妹妹頭。重要場合洗個劉海，不太懂化妝，就往臉上拍幾下韓系氣墊粉餅，淺淺塗個唇膏，用一張「國泰民安」的笑臉迎人。好在你笑起來有酒窩，氣質無公害，十年如一日都像個不諳世事的小孩，好事你趕不上，更大的壞事也輪不到你。

畢業後，你在一家文化公司做文案，一做就是七年，薪資是一潭平靜的死水，晉升之路如一場持久戰，你不動，部門經理更不會主動。這主要也歸結於你沒有野心，對金錢和自由要求不高，沾邊就可以了，吃到喜歡的外賣可以連續點上一週，直播間買的兩位數的衣服也挺好看，不牴觸皺紋，接受突然長出的肚腩，在合適的年紀結婚生育，好像這一世生而為人的任務也就達成了。

當然我承認，過去對你抱有期待，後來發現，這個世界上的大部分人，都是你這樣的。找個差不多的工作待著，遇個差不多的人愛上，過個差不多的一生就夠。

但我不想與你們一樣，這個世界可以明目張膽欺負我，我會反抗，但如果欺負你，請不要連累我。畢竟我們在同一個身體裡，作為你的第二人格，我想要做不一樣的煙火。

你的部門經理是一個留著長髮的男人，說話歪嘴，鼻頭總泛著油，不時需要推一下滑落的眼鏡鼻托。結婚五年，兒女雙全，但中年油膩，儲著糖衣砲彈，會把你們的方案填上自己的名字向老闆邀功，還愛貪小便宜，逢年過節公司發的食用油和面紙，他都會派人偷運兩箱回家。

那天，經理帶著你們部門慶功，猛灌自己五瓶喜力，唱了沒幾首歌就醉了。到了後半夜，大家如鳥獸散，只有你被他拉著，聽他講了很多掏心的廢話。他把手搭在你肩上，灌著職場雞湯，幾次來回之後，身體與你愈坐愈近，開始出手撩你的頭髮。

你極度不舒服，想反抗，他來了興致，忽然將你壓在沙發背上，眼神迷離，滿嘴腥臭，囁嚅道：「你幫幫我吧。」

說著他將手伸進你的衣服裡，觸到你的胸。

你用了最大的力氣推開他，衝出包廂就吐了。你捂著胸口上了出租車，眼淚如注，司機大哥問你怎麼了，你止不住抽泣，還要硬撐道：「沒事，工作失意。」

你知道自己受到莫大傷害，卻仍然合理化這一切，你告訴自己，主管喝醉了，等明天上班，一切就能恢復正常。

第二天，他面不改色地來到辦公室，看上去風平浪靜，實則暗流湧動。你收到他發來的訊息：你今天內褲是什麼顏色的？

你當即請了病假，回家的路上好像無事發生，喝著冰美式，戴上耳機聽歌。到家第一件事是洗澡，用沐浴球奮力搓自己的胸，渾身被搓得通紅，你終於力竭，抱著身體蹲在浴室裡默不作聲，沒有歇斯底里，眼淚也躲了起來。花灑的好幾個出水孔堵住了，想必也不忍淋著你。

我知道，你已經崩潰到極點。原來那些聲勢浩大的掙扎是因為有還手的能力，真正束手無策的崩潰，都是安靜的。

你知道嗎？這個世界上只有兩個「男人」有傷害你的權力，一個是你失心瘋時愛的人，一個是怎麼賺也賺不到的鈔票。其他男的，無法作為你生命中的獎賞，就自然不配給你帶來災難。

工作可以再換，傷害烙下就是印子。百科都解釋了，只要帶有性暗示的言語或動作，引發你的不悅感，就可稱為性騷擾。

有多少女性在職場中收到過不雅的訊息，被言語挑釁，身體被不同程度地侵犯？擁擠的地鐵、公車上，多少女性被身後的變態侮辱過？但她們中有一些，只敢挪開身體，最多再瞪瞪壞人，更多女孩子選擇將委屈默默吞下。

怕什麼呢？

回看小時候，你明明很想吃完所有的餛飩，為什麼不搶回來，我連剛買的冰淇淋被別人挖去一勺都不開心，它們本就是屬你的；那些水筆劃在臉上真的很疼，為什麼不喊出來，你並不享受這樣的玩笑，更不需要用讓自己出糗的方式獲得朋友。

成人世界的規則，解釋是多餘，沉默才是回答，沒有情緒才能全身而退，但這不代表要對所有惡意心軟。你用故作輕鬆的口吻解釋惡意，漫漫長日，後來你覺得疼的，並不是當初有人捅進來的這一刀，而是你扶著他們的手，往自己身體更深處扎去的那一下。

你誤以為傷害讓你成長，還用過來人的身分感謝那些痛苦，是它們讓你成為更好的自己。你錯了，支撐你走到今天的，從來都不是那些偏見、指摘、背叛、欺辱，而是圍繞在你身邊，真正在乎你的人，他們在乎你的溫飽，情感落腳，在乎你會不會受傷，少一根髮絲都不行。你對他們不公平。

承認自己所受的傷害，並且為之尋找解決辦法，是對自我的忠誠。

想像有一天，你戰戰兢兢地上班，掛著笑容粉飾太平，在消防樓梯間，看見哭得傷心的同事。你問她怎麼了，她三緘其口。但是，只要你亮出傷疤，她一定會抱住你，泣不成聲道：「我也受過同樣的惡意。」

因為迫不得已的縱容，淫欲才會有恃無恐。你或許無法懲罰壞人，但可以讓世人分辨他們。好人往往心軟，遇事容易多想，他們被社會的陰暗面裹挾，不得已向各種潛規則低頭。但在人性和良知面前，有人會不顧壁壘森嚴的金錢權勢，勇敢地站在對立面，堅持他們認為對的東西，那是初心。

小時候我們果敢，不顧一切，成長讓我們平和，過分理性，一路走，一路失去，我們可以失去很多東西，但有兩種東西到死都要守著，一個是善良，一個是勇氣。

這二十多年來，在應該要反抗的時候，你放棄了我；在明明往前一步就能更好的時候，你放棄了我；在每一次需要拒絕的時候，你放棄了我；但如今面對這樣腥臭的惡意，請你別放棄我。

就憑我的性格，我一定會先給經理那張醜臉送上一拳，在微博公開升堂，將他的事蹟都寫下來。然後寫一封瀟灑的辭職信，喝杯開心酒。我不在意後果，後果一定不會比現在更差了。

去他的，公主也可以勇鬥惡龍。

每個女孩，都值得被這個世界用心對待，她們是小王子守候的玫瑰，是續寫《釵頭鳳》的唐婉，是《冰原歷險記》裡松鼠怎麼也追不到的傲嬌橡實。

好女生，不可辜負，但不要先負了自己。

不說改變世界這樣的大話了。願今日種種，是過去與未來的分界，一邊是怯，一邊是勇，誰欺負你，我們用力還他一記耳光。

article_#11

From 失去航線的航海王

沒有第三者的分手

親愛的十二。

再叫你一聲親愛的，是為了想好好與你說再見。原諒我一個小時前，對你說了些重話。

職業使然，拍過的無數鏡頭裡，有很多流過淚的模特兒，故事需要，悲傷氾濫，已經看到失去感覺。只是沒想到這次，見你哭，竟然也沒了觸動。

愛你的時候，從頭到腳我都念念不忘，不愛了，眼淚都是多餘的。好聚好散不敢說，只希望你能遇見一個不讓你流眼淚的人。

我承認自己不是個好男人，事業和你無法兩全，失去了你，所謂的事業，充其量也不過是個拍廣告片的機器罷了。三十多歲，還愛《航海王》，穿帽Ｔ，不愛洗臉。我自覺沒長大，所以一直沒做好結婚的準備，這怪我，浪費了你的青春。

大學我們念陶藝科系，每天都在拉坯子裡度過，不承想在單調的生活裡竟也偷得半點愛意。《第六感生死戀》裡男女手心觸手背，一起製陶的情節是銀幕定格的美好，實際情況是我們吵鬧著，破壞彼此的作業。最後的一次玩笑裡，我們把對方定形的坯子燒了出來，我的不可描述的形狀在中途崩了，只做出你的杯子，杯壁上留著你的手印。

將它送給你的那天，我向你表白了。

畢業後的生活從烏托邦落了地，我做攝影師，你在會展公司做策劃，兩個人擠在魔都狹小的出租屋裡，共同度過好幾個三餐四季。你是個非常稱職的文藝青年，豆瓣清單裡是那些晦澀的小眾電影和音樂，美食地圖永遠標注著色調清冷的咖啡店，注重衣服質料，各式各樣的帽子堆了大半個衣櫃。

你拒外人於千里，私下的真實面只有我有幸得見。你發明了一套只屬我們的戀人語言，類似於吃到好吃的會說「呀比呀西」，撒嬌會說「嬉皮啾」（儘管每次都不一樣）。你會根據我的習慣給我取很多外號，我愛吃蒜，你就叫我蒜蒜；頭髮自然鬈，叫我鬈毛；不洗臉，叫我髒三。倒是我，除了更加親暱的稱呼，只叫你十二。

你總膩在我懷裡問為什麼，我以「祕密」敷衍而過，然後就迎來你十萬伏特的戀人絮語。

想到這裡，我覺得初始設定的我們還是很相似的，看似是兩個文藝工作者，實則是有點神經質的浪漫笨蛋。

同居生活的第二年，我們小打小鬧的次數增多，被生活支離破碎的細節啃得滿身傷。你說你愛酒店純白色的寢具，我就給你換了一樣的四件套，結果我忽略了被子的尺寸，雙人床的被套套不進去，你抱著手臂坐在床邊，用「你怎麼永遠讓人不省心」給我的心意做了個完美的了結。

可能我真的以為自己是要成為航海王的男人吧，除了拍片，幾乎都宅在家裡，沒什麼朋友，日夜顛倒，不肯成熟。你早起睜眼時我在睡；你下班疲憊不堪地回家，我卻用一整桌外賣的殘羹冷炙迎接你。我知道對不住你，不想解釋，這是我的問題。

在「我愛你」都沒說過幾次的戀愛裡，「分手」卻總被提上日程。我們因為「看電影時能不能玩手機」的辯論又互提分手的當晚，最後大笑著看了對方一眼，就決定拼湊卡裡的錢，去你心心念念的日本。

我們忘記了前一晚的爭吵，在東京鐵塔下親吻；在新宿的夾娃娃機店裡，用一千日圓掃蕩了六個巨型娃娃；在地鐵安靜的車廂裡戴一對耳機聽歌；怕自己說話聲音大，就用手機備忘錄聊天，像小時候上課傳字條一樣。

你盯著對面燙著一頭鬈髮的男生寫道：你的偶像。

我回：有人模仿我的鬈。

然後抱著對方的手臂憋笑。

那時我們應該還是有信念感的吧，認為彼此各退一步，就能讓理智占據上風，反覆提醒自己，是真的在意眼前這個人，而不是時間拉鋸下的不甘心。

我們斥巨資住進京都的虹夕諾雅，離開時坐在嵐山的渡船上，管家穿著標準的日式和服在碼頭不停朝我們揮手。轉過山邊，她竟然還在遙遙相望，用力揮手。你伸出頭，朝對面喊「撒呦哪啦[8]」。你眼裡噙著淚，說也要做這樣得體又熱愛工作的女人。

---

8. さよなら日文音譯，再見的意思。

結果回來半個月，你就因為不想看新任主管的臉色辭了職。我靠客戶給案子，多數時間賦閒在家，仗著有你照顧，我更加放肆。

距離感這個東西很微妙，再明心見性的關係，有時也需要一把標尺維護邊界。當我們互看彼此的時間長了以後，咀嚼越發清淡，只有靠爭吵提味。再往後，是吵架都懶得了，不吵的後果就是愈來愈克制，克制到後來就沒了話聊。

我不關注娛樂新聞你知道的，你卻怪我連哪個明星出事了都不清楚；你不愛吃奇異果我也知道，我卻昏頭買了一箱奇異果汁回來，自尊心作祟非要狡辯說果汁與水果不一樣。我們在一起八年，你常說我沒計劃、沒記性、沒安全感，我說你太偏執、太自私、太現實。很多事我們一直都清楚，我的孩子氣，你的小任性，這是我們互相吸引的原因，卻成為最後不愛的理由。

那天你一個人去了臺北，一走就是十天，我瘋了似的找你。你知道一個像我這樣失敗的男人，最怕什麼嗎？就是習慣了你的好，直到消耗了你全部的信任，當有一天你說出了結束這樣的話後，一瞬間就什麼都沒有了。

我給你的父母打電話，給你的朋友打電話，我不想讓你為難，但我很想找到你。

你那天破天荒穿著高跟鞋回來，妝容精緻，好像重新盛開的花。你說看不慣我不洗臉和毛躁的鬈髮，我就把自己洗得好乾淨，去樓下剪了個荒唐的髮型，還去附近的菜市場買了魚，打算做你最愛吃的清蒸鱸魚。可回來你又嫌我只穿帽T，魚也變了味。

你跟朋友們說，我們成長速度不同，不能等我長大了。其實你可以直接見血封喉地承認，你根本不愛我了。

你給我發分手訊息的時候，我正在看辯論節目，嘉賓正在為「分手該不該當面說」爭得不可開交。說實話我都不在意，只是想見見你。

我們約在你常去的咖啡店，咖啡師認識我們，但今天沒向我們打招呼。你坐在我對面，連名帶姓叫我的時候，我就知道，我們差不多要結束了。

你說，人都是在等一個人的時候變老的。我終於明白，那個小女孩不見了的原因。

曾經想將全世界給你，又害怕世界不夠大，是我的自卑配不上你的自由。只怪我還是當初那個人，忽略了時間步履不停，你卻已經長成了更好的大人。

告訴你那個祕密吧，我叫你十二，是因為「戀人」有十二畫，「朋友」十二畫，「愛人」十二畫，「家人」十二畫，所以「十二」代表全部，只是沒想到我一直差一筆堅定，又多了一筆刁難。

或許一個人挺好的，獨享孤單，才有時間製造成長的繭房，只是吐出蠶絲的瞬間，其實挺疼的。歌詞裡唱到「沒有第三者的分手，原來比不忠誠更痛」。你知道嗎？「撒呦哪啦」在日語裡其實也有永別的意思。

說再見不如忘掉能再見。

願你歲歲平安，哪怕生生不見。

article_#12

From 賣假髮看人生的大哥

人生假髮店

我的店開在這裡已有五個年頭了。

旁邊是個賣五金的，對面是家麵攤。我的店面不大，兩張用來剪髮的椅子，一張洗頭躺椅，牆邊的貨架上是價格不等的各式假髮。

為什麼當初想到要開假髮店？

大概是覺得有商機、成本低，門面的租金又有優惠，就悶聲開起店來了。我不是聖人，最多平日裡讀些閒書，道理懂得不多，事到如今，就是走一步看一步。

你第一次來我店裡，留著及肩髮，黑色絨毛大衣的領口蓋住半張臉，隱去了臉上的表情。你沒多說話，在店裡來回打量，考慮好一陣子終於開口問：「流程是怎樣的？」我掛起招牌笑容說：「你可以先選，選好我們再開始。」

你愣了一下，說：「還是先剪髮吧。」

你徑直躺在椅子上，我打開水龍頭，之後我們再無交流。沉默才是店裡最好的氛圍。

我習慣用電推剪，操作起來有手感，髮根也剃得乾淨。

有些客人之前用工具自己動手，剃完沒幾天頭髮就長出一些碴來，白天戴著假髮沒感覺，晚上睡覺，扎得頭皮難受，像一根根小刺。

我打開電推剪的開關，店裡彌漫著嗡嗡聲。你將領子解下，露出整張臉，紅唇透在鏡子裡特別搶眼。沒再多觀察你，正想上推子，你突然用力推開我的手，裹上大衣，匆匆逃了出去。真的是逃出去的。

像你這樣的客人我見得多了。

這些年，我的店就是個迷你版的悲慘世界，有多少人來過，就留下了多少故事。一個人偷偷來的；老婆換上假髮在店裡哭，老公在外頭抽菸的；還有剃一半直接倒在地上的；也有很多在剃之前放棄的。因為它太有儀式感，意味著你正式朝彼岸邁出腳步，念過的經和求過的神都幫不了你，這段路，只能獨行。

所以，我沒想過你會再來。

某天你又推開了玻璃門，站在門前問：「大哥，現在可以剪髮嗎？」身體背光，我看不清你的表情，只得聽你的語氣，輕柔沙啞，卻很堅定，有種領教現實之後的灑脫。

你坐在座椅上，從包中取出一個音樂盒，將發條擰到底，然後閉上眼睛。

我記得你的頭髮很硬，又密。我想起過世的老母親，髮質與你很像。我這四十多年，就為她剃過三次頭，前兩次都是在她生日那天，最後一次是火化之前。從此以後我剪過多少頭髮，就後悔過多少次。

你的音樂盒比我這電推剪的聲音動聽，我的思緒跟著飛揚的髮絲而過，幾十分鐘後，最純淨的你就出現在我面前了。你全程閉著眼，我不忍心，還是拍了拍你的肩。你偷偷睜開一點眼縫，眼眶瞬間就濕了。

你沒敢多看鏡子裡的自己，趕緊回身選假髮。我給你推薦的那頂五百多塊錢的中短髮，比較好打理，女士戴也不會顯得太短。你重新坐到鏡子前，我幫你將假髮固定好，剪去多餘的髮絲。

你平復好情緒，淡淡地說：「怎麼就變成了另一個人呢。」

我不知道該怎麼接你的話。說也奇怪，你不像多數的女客人，要麼將眼淚都留在這個時刻，要麼大笑不止，而是又一次轉動音樂盒，對著鏡子自言自語講起故事，也不管我在不在旁邊。

你未婚，二老在北方，現在這狀況除了身邊幾個親近的朋友外，沒人知道。你自嘲，像你這個年紀的女人，高傲慣了，看不上男的，痛恨這分配不均的世界，活成了戰士，最後連赴死，都是孤身一人。

我雖然不是什麼成功人士，但有家有生活，老婆給大戶人家做月嫂，孩子八歲，上小學三年級。以一個對生活低頭的過來人看，所有會說自己強勢的女人，都是因為被愛得太少了。

你的木製音樂盒是在臺北旅行時買的。盒面上的物件可以自己選，你選了一輛小火車，還有一個小女孩，其實原本還有顆小行星，音樂響起來時可以跟著轉。你摸著斷裂的地方，悵然若失道，買回來第二天就斷了，那顆行星也不知道掉到哪裡去了。

或許是老天爺的暗示，從臺北回來沒過幾天，做完年度體檢，結果不盡如人意，你帶著疑問和恐懼去了市區裡更大的醫院，醫師門前的電子螢幕閃出你的名字，推開那扇薛丁格的門，生死就握在了別人手裡。

我看過音樂盒的斷裂處，軸承完好，只是缺了那顆木頭小行星。我請求將音樂盒留下來，如果你信得過我，我幫你做一個，等你好了，再來找我取。

你說了一句話，我至今難忘。你說：「沒關係，我讓朋友來取，他們還在。」

我的假髮店開在鬧區中心，旁邊是家五金店，再過去是一家快捷酒店，酒店旁邊是家安徽夫妻開的小賣店，過了這條路右轉，走幾百米就是市裡的癌症醫院。

來我店裡買過假髮的，多數是女客人，我為她們剪去健康的證據，戴上病人的尊嚴。結束服務，不說「再見」，不說「慢走」，只是點點頭。

有些客人經常一年半載見不到，也不知道是治好了還是走了。心態好的客人，樂於跟我分享他們的故事，隨時來找我修整頭皮，換著戴假髮。還有些戴上假髮，一點都看不出剛做完幾期化療，精神很好，但沒過幾天，人就突然不在了，就像翻轉的沙漏，最後那一點沙子下落得特別熱鬧，突然漏完的一剎那，一切寂靜得可怕。

我早不圖賺錢了，能養家就好。除了賣假髮營生，偶爾還代他們取報告，寄存包裹和冷藏藥品，能做一些是一些。

這些年，我坐在這間狹小的假髮店裡，看過太多悲劇。對面的麵攤，經常有人剛吃完就吐了，旁邊快捷酒店門前人來人往，半夜都能聽到哭聲。說也奇怪，記憶中無論是晴天還是雨天，這條街道上都是灰濛濛的，可能是心情決定了天氣。

我這行看上去就是做美髮的，一開始領我入行的，還是我禿頭的表叔。他給我介紹假髮這檔生意，我開了這家店，一開始頂多就想賣給像他那樣掉髮的老頭，或者懶得染頭髮的愛美人士，怎麼也想不到，賣假髮都賣出佛性了。每個病人求不得什麼，最低的要求，也就是保留一點做人的尊嚴，其他健康的人，是看不明白的，有些東西看清楚，就太傷心了。

生老病死是自然規律，這規律下，老天爺給人不同的富貴和運勢，卻給他們差不多的存活年頭，挺邪門的。每個人都被寫好了這匆匆數十載，那些提前退場的，反而感覺認領了特殊身分，他們認清了這老天爺太過精明，乾脆扔下不陪玩了。

但有時候我也總問，為什麼是他們呢？太辛苦了。無論是身體上，還是心上。

開了這家店後，我每年都要去醫院做兩次癌症篩檢，見得多了反而更怕，怕生病，怕離開家人，對他們有一點懈怠都覺得老天爺會選中我。這也解釋了為什麼現代人的親情需要被死亡提醒，還擁有的時候往往不珍惜，等到站在那個冷冰冰的洞口前，現場哀樂一奏，躺著的親人進了爐子，才知道這是彼此最後的時刻。

過了這一關，一切將徹底告別。

這還不是最難過的，很多人在那個時候是哭不出來的。反而是回到正常的生活中，有一天在夜半夢醒摸到冰涼的半張雙人床時，看見冰箱裡沒吃完的冷凍水餃時，習慣性地多擺出一副碗筷時，訊息傳出去再也收不到回覆時，你才意識到，這個人再也不會出現在你的生活中了。

落日那麼燦爛，人沒了，卻靜悄悄的。

距離上一次見你，已經一年多了。

我用壓克力和彈珠做成了一個好漂亮的星球，牢靠地黏在音樂盒上，只要它的音樂響起，配合陽光轉起來，壓克力上的炫彩膜就能在牆上投射出一道彩虹。這個音樂盒一直擺在我店裡最顯眼的位置，我倒是挺喜歡的，不如就當送我，別來取了。

到現在都不知道你的名字，但不知道也好，你值得好好被愛的，在這個流行告別的世界裡，願有人為你停留。

article_#13

From 壞了的掃地機器人

人類不懂
我們的浪漫

最近的夜裡，你這個睡在我旁邊的傢伙，總是不安分，三不五時地用屁股貼上我的臉。不能因為你是一隻長得還不錯的蘇格蘭摺耳貓，就以為這個世界給你開了後門，可以飛揚跋扈了。好歹我也是看著你長大的長輩，四捨五入，算是你半個主人。

記得他剛把你撿回來的時候，是北京入冬最冷的一天。你渾身髒兮兮的，毛髮結著冰霜，滿臉驚恐。他想給你洗澡，你還鬧脾氣，扯著嗓子叫喚。那個時候我就在想，你到底經歷了什麼，連別人對你好，都會害怕。

起初兩週你冷酷到底，只吃一點點貓糧，水也喝得少，不和我們交流，躲在角落舔自己的身體。或許在舔舐過去的傷口吧。

我是個很懂人情世故的三好青年，明白這個世界上沒有感同身受，有些傷害需要時間獨自消化。於是我就在每個晝夜，安靜觀察你，看著你從沒有安全感地蜷縮成一團，到四仰八叉開始沒正形，最後願意亮起肚皮。你胖了很多，毛髮也有光澤起來，眼睛裡重新閃回亮光。我知道，你終於正式屬於這個家了。

我承認你骨骼清奇，智商和情商極高，會有樣學樣地自己開門，會看他臉色行事，他心情好，上廁所的時候你也在門口陪著，只要有機會，就盤在他身上，天氣冷了，還給他捂腳。你絕對是最佳貼心寵物，難怪他心甘情願當你一輩子的「鏟屎官」。

作為一隻貓，我一直對你不會叫「喵」這件事很納悶，你永遠只會咕嚕。直到某天，你在我身邊驚天地泣鬼神地一叫，竟然是「呱」，我才知道你不是一般的貓，你是披著貓外衣的旅行青蛙吧。

後來聽電視新聞說，只有貓的主人能聽懂自己的貓的叫聲，因為每隻貓都會根據自己的主人開發一套獨特的語言。必須允許我驕傲一下，在他都沒聽懂你說什麼的時候，我已經能聽懂你的每聲「呱」了。

身為這個家裡最懂你的三好青年，知道你搖著尾巴的

「呱」不是示好，而是煩躁；滿地打滾的「呱」不是沒來由地淘氣，而是此刻心裡安定，信任這個家；舔塑膠袋的時候的「呱」不是什麼特殊癖好，而是要嘔掉舔進肚子裡的毛球。

自此以後，你就愛黏著我，一刻不得閒。哪怕我在忙著掃地，你也霸道地跳到我身上，用你的小屁股來回在我臉上蹭，陪著我改變這個世界。

我倆單獨在家時，習慣並肩看晚霞。北京沒有霧霾的日子，空氣很透，天空比畫裡的好看，運氣好的時候，落日能將雲彩染成漸變的粉紅色。我們就這麼靜靜地看著夜幕低垂，城市亮燈，彷彿日子也就在這樣重複的日升月落裡，過出了些許步入年邁的儀式感。

我個子比較矮，你靠著我，我好想將此刻定格，這樣後來的時間，就都與你有關。

我一直認為老天爺選中一個生命出現在這個世界上，是有原因的，要麼帶著愛，要麼裹著滿身戾氣，或者天賦異稟，背負著改變世界的使命。

我比較特殊，這麼多年，優點不明顯，天賦就是吃，每天的日常就是將地上的東西全部吃進肚子。不過最近有些食欲不振，每次工作之前，肚子空空的，也覺得飽腹，以致不太愛動，連說話的力氣也沒了。你在我面前晃悠，我也沒工夫理會。你終於失了耐心，齜牙咧嘴地跟我吵了好大的一架，三天沒理我。

等我好不容易恢復元氣開工，你卻得了怪病，手腳會突然無規律地發顫，你眼睛裡的光又消失了，我知道你很難受，可他竟然荒唐地以為你只是在跟他玩鬧，我氣得與他理論，推倒了桌上的花瓶。

結果就是我被關了起來。

你病重那天，一直在櫃門外無助地向我呱呱叫，我睡得沉，睜不開眼。你扒著把手，打開了櫃門，輕輕挪到我身上，蜷縮著身體用爪子撫摸我。我感受到你滾燙的體溫，身上瞬間像有個按鈕被打開，我靠著身體僅剩的一點能量，帶著你衝了出去，一遍遍撞他臥室的門。他終於醒來，看到門外奄奄一息的你。

那晚寵物醫院召集了全北京最好的醫師，甚至還和深圳的寵物專家開了視訊會議，也沒有查出你到底得了什麼病，最後只開了點打蟲藥，叮囑他回家觀察。

你知道嗎？我真的好怕你就這麼離開我了。回家之後，他悉心照顧你，你竟不藥而癒了。事後我回想，聽說貓也會憂鬱，或許你真的沒病，只是心裡有雨，因為他換了工作後，時常不在家。

作為思想境界高的三好青年，不和眼界不同的人一般見識。我知道你愛他勝過愛我——那麼一點點吧。

如你所願，從這以後，他花了更多時間給這個家。不過不是因為你，而是因為家裡住進了一個有潔癖的女朋友，她每天都會擦遍整個屋子，掃三遍地。人類真的很奇怪，見不得髒汙，連髮絲都容不下，卻可以容忍和另一個人親吻。

我已經很久沒工作了，渾身乏力，似乎是病了，抑或是陷入了迷茫期。總之這樣一躺就是一個多月，這期間只有你還願意枕著我睡覺。

北京落雪的清晨，窗邊有些透風，涼意侵襲，他們讓物業來貼密封條，順便收走這個屋子的舊物。末了，女人指著我說：「把牠也帶下去吧，壞了。」

他們好像要放棄我了。

我看著你齜著牙，渾身爹毛，朝他們不停搖尾巴。他們把你關在陽臺，你用爪子撓著窗，眼睛裡盛滿了淚水。那一刻，我看見你的眼裡，落下了星星。

我想過很多與你分開的場面。會有那麼一天，我們頭髮都白了，滿臉皺紋，但你仍然會跳到我身上，我帶著你，踏過所有的泥濘與灰塵，直達屬於我們的小小世界。

我知道你無力改變這個事實，人類才不懂我們的浪漫。會讓人哭的故事，不一定是悲劇。

屋子回暖，你學著人類的方式，用爪子在結霧的玻璃上畫了一個太陽。

那是你給我早開的晚霞。

article_#14

From 你唯一的擺渡人卡戎

冥王星被開除的那一刻

你好啊，134340。

認識你這麼久，還沒看過你這麼頹喪的樣子呢。我們相識有多久，我已經算不清了，大概某一天一睜眼，伴著星盤塵埃聚集而起的煙火，就看見不遠處，發著光的你。

我聽到自己的心，咯噔了一下。我慌得按住胸口，心有餘悸，以為自己病了。後來每天轉啊轉的，面對你這張好看的臉，心臟就會奇妙地打嗝，我想，這應該是所有矮行星的慢性病吧。

你是我唯一的朋友。

過去我總是因為身體冰冷而沒來由地自卑，個子小，不善言詞，生怕說錯話，索性就沉默寡言，因此其他衛星都熱衷於給我取外號，用白眼瞧我，沒人願意靠近我。是你闖入我的世界裡，抖落身上熱騰騰的汗珠，露出光滑的皮膚，大方地展示熱情，炫耀道：「離太陽太近就會有這樣的苦惱。」

你嫌其他衛星太聒噪，只有我與他們不一樣，於是主動找我一起吃飯，玩猜謎，教我吹口哨，還會送給我好看的衣服，給我染了一頭黑棕色的頭髮。

那時你還是太陽系行星家族的一員，是我心中的絕對偶像。我們離得很近，宇宙中深紫色的光暈把我們的臉照亮，我用餘光偷看你，這應該就是青春最好的樣子了吧。

你「喂」了我一下，輕聲說：「你是我的衛星，以後就叫你冥衛一吧。」

你真的好霸道，這跟冠夫姓有什麼兩樣，我生氣道：「我是有名字的，我叫卡戎。」

你是我唯一的朋友。

我總想找機會與你聯絡，其實也沒什麼重要的事，就想問問你在幹什麼。我們最長的一次聊天，聊了兩個小時。後來你睡著了，我就聽著你的呼吸聲入眠。

要知道我每次都會認真策劃我們的聊天，想好多話題，不能讓你的話頭落在地上，陷入沉默。以至於我背了很多冷笑話故事說給你聽，你很不給我面子，從來不笑。唯一笑了一次，是我講了一半，沒背住，忘詞了。

我會注意你那邊的天氣，你稍有點咳嗽就擔心到不行。你喜歡自拍，但我挺不喜歡與你一起拍照的，可能因為你太耀眼，就顯得我好看得不明顯。還有，我最近特別愛聽抒情歌，以前摘抄的歌詞，突然都能聽懂了。

我變了好多，比如我不明白，當我看見天空有粒子劃過時，為什麼會想第一時間就告訴你。

不過還是特別想謝謝你，我終於學會快樂了。當接受了自己的擰巴和奇怪後，就可以不用再假裝成熟、冷靜，像大人一樣徒勞地克制。我所有情緒都可以瞬間傾瀉而出，穩定發瘋，毫不避諱地愛，更可以無所顧忌地恨。

你是我唯一的朋友，我以為我們會是一輩子的朋友。

直到前幾天，國際天文學聯合會將你驅逐出行星家族，說你是太陽系的「矮行星」，你失去了原來的名字，被定義為小行星，編號是 134340。

我無法與你通信，你隱去臉上的表情，陷入黑暗。我不敢想，你到底有多麼悲傷。我用盡力氣喊你的名字，喊到第二十九遍的時候，你衝我嘶吼一聲：「別叫了，那已經不是我的名字了。」

我自信地認為自己是你最好的朋友，所以才妄想能與你分擔痛苦。但是那天，你忽然發起幽暗的熒光，咬牙切齒地告訴我，當初是因為要在行星家族裡爭取好評分數，才逼不得已跟我這種人做朋友的。

我是哪種人？

我這種人一直都知道，太陽遠在離我們約五十八億千米的地方，你身上的汗是假的，那些冰凍氮和甲烷，讓你的皮膚表面全是冰層，你原本就是一顆由冰水和岩石組成的星球。你的直徑約為兩千三百七十公里，約為月球直徑的三分之二，木衛二的四分之三，你曾是九大行星裡最小的那顆。

你在冰冷漆黑的太空中旋轉，我這種人比任何人都清楚，你太孤獨了。

我們本就是太陽系內的一對雙行星，現在我們都是矮行星了，再也沒有誰是誰的衛星一說，我們是一樣的。你不能傷害我，因為我不想為你哭，哭了，就代表你真的傷到我了，傷害會落下疤痕的，時間修復不了。

你失去一切，可你還有我；如果我失去你，我就一無所有了。

過去的漫漫長日，我繞著你公轉，我們始終把自己最好的一面朝向對方。即便你是別有用心的，我也感謝你選中我，讓我認清了自己。難道現在就不能信任我也可以將你帶離悲傷嗎？

這個世界上，那些所謂的名利、金錢、規則、感情，不過是那些自以為是的聖人粉飾的白紙，再漂亮，還是一張紙，撕一撕就破，揉一揉，字就看不清了。他們在意或者不在意你，都隔山隔海，在距離真實的你千里之外的地方，虛眼觀察和輕易評斷著你。你站上高處，他們送上掌聲；英雄遲暮，啟程下山，無人再關心。

除了你身後跋涉過的腳印，又有誰能證明你曾那麼熾熱地存在過。

你可以有很多次哭泣的時刻，走累了，心痛了，愛了，或是恨了，但都應該從自己出發，自我感受，絕對不是被別人除名的那一刻。只有你能決定自己的樣子，有權利挑選讓自己最舒適的方式活著。因為除了你自己，沒人看見你的疲憊。

我每天都在觀察你，在太陽系的邊緣兀自旋轉，微弱地反射著來自太陽的光，像個孩子似的，卯足了勁，照亮宇宙的一個角落。說實話，我很羨慕你，誰不想去那個快意恩仇的江湖看看。但江湖太遠，我不去了，我比較喜歡陪你吃飯，跟你說晚安。

請你做個堅強的人，像世界教你的一樣，做個有勇氣的人，就像你最初一樣。

你知道嗎？在希臘神話裡，宙斯的哥哥黑帝斯，是四大創世神之一。他被弟弟奪取王位後，聽取普羅米修斯的提議，抽籤到了冥界，統治黑暗冰冷的地獄，成為冥王，而卡戎則是黑帝斯的船夫，冥河的擺渡人。

有時候，一個人善意的動念或者微不足道的一句話，就可以改變另一個人。但大多數人都只專注於自己的利益，吝嗇給予，被愛而有恃無恐，所以他們一輩子都無法得到自己真正想要的。

我們存在，就會面臨一萬次的孤單，一萬次的冷眼，一萬次的惡意，一萬次摔倒，再一萬次遍體鱗傷地爬起來。沒關係，宇宙浩渺，你並不孤單，總有與你很像的人，正在愛著你。

article_#15

From 你的空中列車司機

下面是機長廣播

各位旅客你們好，我是本次航班的機長，你們可以叫我Ken（肯）。我們現在的巡航高度是一萬零七百六十米，預計到達巴黎戴高樂機場的時間是晚上八點零五分。本次飛行中，如果您有任何需求，請與我們的客艙乘務員聯繫。但在這期間，耽誤各位一點時間，請聽完接下來這段冗長的機長廣播。

我從小對飛行員這份職業有無限的憧憬和熱愛。專屬的制服，精密的駕駛室，還有騰雲駕霧的超級視野，身後超過百人的旅行安全都與我有關，每次起降都被賦予使命，足以感受到自我與世界的連結。可是等自己真的當上了飛行員，除了這樣日復一日的起飛降落，就只剩我媽每次見到我——兒子，把你制服穿上跟你叔叔阿姨四舅奶奶合張影——的困擾。

夢想就是一枚精緻的果實，美好在於遠觀，吃到了，覺得甜膩可口，就沒有然後了。或許我們熱愛的，不是夢想本身，而是有一件事物可以憧憬和期待，人其實都活在一個奔赴的狀態。

這樣的日常偶爾也有例外，比如第一次與她相遇。她的

iPad 落在飛機上，不知道託誰的關係直接聯繫到了我們機組人員。聽她說，是在六個機組人員的電話號裡順眼緣按了一個，訊號就不偏不倚落在我頭上。

那天落地後，我連收到她五通來電、十則訊息。為了方便聯繫，我們加了微信，我對天發誓當時真的只是一腔熱情幫乘客找失物，沒有其他意圖。畢竟不知道她姓甚名誰，連她的樣子都沒見過，我不是那麼主動的人。

那臺 iPad 最終也沒有找到。但她看到我的朋友圈，知道了我的身分，這彷彿開啟了她新世界的大門。她拋來一堆問題，說她從沒認識過活的機長，問我機長家屬坐飛機能不能打折，開飛機的時候能不能上廁所，是不是「人肉 GPS（全球定位系統）」，飛機有沒有剎車，以及時刻都像《衝上雲霄》裡的吳鎮宇和張智霖那樣帥嗎？我被問傻了，嚴肅地回覆她，飛行員在天上暢通無阻，地上該迷路的時候也迷得不客氣。摘掉墨鏡，脫掉制服，將我扔進人堆裡就不顯眼了，沒有那些大明星帥，也沒有開飛機的舒克可愛，我不過就是一個在固定崗位，做固定工作，工作流程比你們見過的稍微複雜一點，專業技能稍微嚴謹一點的空中巴士司機。

這一大段訊息傳過去後，她沒了動靜，十分鐘後，只回覆了我一個字：哦。

我好像太嚴肅了，隨即傳了好幾個收藏的搞笑表情，她也不示弱，開始用表情鬥法。我們就這樣一來二去互動到了半夜，直到她問我：「空中巴士司機，除了開飛機，那你會談戀愛嗎？」我被問住了，琢磨怎麼回覆她。她又問：「你要不要試試？」接著傳來一家餐廳連結。

我招架不住，面紅耳赤地盤算著好長一串回覆，怎麼才能表現得紳士一點，不要顯得是對方那麼主動。腦子裡的小劇場還沒上演完，她又補充道：「你別誤會，我是問你要不要試試這家餐廳。」

我承認自己被精準拿捏了。

我們認識的第三天，一起吃了飯。她非要搶著買單，說是要留下收據做紀念。

第五天，她染了一頭紅色頭髮，兩邊編了小辮子，說是剛從山上徒步回來。她能量滿格，像是一個冒險版的童話公主。

第七天，我們去公園看了櫻花。她舉著櫻花形狀的粉色冰淇淋站在湖邊，讓我給她拍照。她看著照片，好像很滿意，她說我過了最重要的一關。

第十天的時候，我們確定了戀愛關係。

我其實是個沒有生活的人，從小成長環境閉塞，不太擅長和這個世界打交道，甚至到了我這個年紀，還有點社恐。如果要問除了開飛機，還有什麼特長，大概就是不認床，哪裡都能睡。前一晚準備飛行任務，看航圖，看飛機的保留故障，預備各種特殊情況的處理，第二天提前兩個小時進場。走完所有程序，等著第一波客人登機，開始一天的飛行。如此循環往復。

她不一樣，她似乎來自另一個星球，天真爛漫，身上有用不完的精力。她有很多愛好，一個人也不無聊，後來我們同居，她也能製造熱鬧氛圍，她有很厲害的撩男技巧，她喜歡吃甜食，喝粉紅香檳，不愛喝白開水，嫌棄它沒味道，還是個「咖啡腦」。

在我們認識之前，她是屬於世界的，我是屬於天空的。認識之後，我們不約而同，突然都很愛回家。

每個有飛行員男朋友的女孩，手機裡一定會有一個叫Flightradar24的軟體，可以模擬駕駛員飛行，時刻關注航班資訊。她變成了半個飛友，看雷達，看塔臺管制，關注機型是波音還是空中巴士。有時半夜從夢中驚醒，第一個動作是找手機看看我到哪裡了，有沒有遇上流控、雷暴，直到我推出起飛，起落安妥。

剛開始的時候她還覺得新鮮，不避諱秀恩愛，穿我的制服拍照，襯衫帽子領帶全部到位，自娛自樂。後來開始對一切與飛機有關的新聞過度敏感，碰上一些飛行事故就擔心。

我們好像直接從熱戀過渡到老夫老妻的戀愛模式了，長時間彼此掛著心，等到下班見面，沒人願意鬧脾氣，害怕浪費每一分鐘相處的時間。我飛的時候，她就回歸自己的小宇宙，做她想做的事；我回家，她就點來網紅餐廳的外賣，陪我玩遊戲，兩個人傻待著就已經很舒服了。

有一晚，她病了，燒到糊塗，終於傳來訊息向我抱怨，說她與我的聊天紀錄裡最多的兩句，竟然是我給她傳的「起飛了」、「落地了」，因為飛國際線有時差，很多時候，連一句「晚安」都不太常見。

她安慰自己，難受有什麼用，隔著千山萬水又抱不到你。

她其實心裡比誰都在意，只是不說，被設定好了倔強模式的女孩，好像就失去了軟弱的資格。

有次浦東機場有雷暴，飛機降不下去，晃得厲害。說實話，我都嚇著了。好不容易備降杭州，我聽到身後的機艙裡盡是乘客的掌聲。我抹掉額頭上的汗，開機第一件事就是看她的訊息。果不其然，她一直關注著航線圖，連傳了好多詢問訊息過來。我逗她：「你這訊息傳太密了，怪不得我一路開著振動模式落到隔壁機場來了。」她帶著哭腔說：「都什麼時候了，還開玩笑，我都要嚇死了，你怕是想上天啊！」我笑了笑，說：「我剛下來，你就想讓我上去啊。」

這種聊天方法是她教我的，她還教過我很多事。比如我在洗手間上廁所，她可以一邊捏著鼻子說臭死了，一邊開始刷牙；

比如我吃了一半的食物，永遠最好吃；比如她習慣睡覺的時候留半邊的床給我；比如她養了兩隻叫「舒克」、「貝塔」的金絲鼠；比如她又去山裡徒步了，翻完整座五臺山，只為給我求一張平安符。

比如即使我們生活有時差，她仍然不會丟掉那一頭紅色的頭髮和值得去冒險的世界。畢竟在一段關係中，關注另一半，是天性，只要愛還在，付出和依附就是自發的，避不掉的，而照顧好自己，往往容易被忽略。愛著一個人，自己心裡是滿的，各方面狀態都好，這是愛情最好的具象。

我曾經問過她，我沒有時間陪她，她會不會難過。她給了我一個特別認真的表情，說道：「其實有沒有時間和要不要陪完全是兩件事。時間不重要，陪伴的心更重要。就像舞劇臺上用力跳舞的兩個人，明明知道只有在高潮部分才能擁抱，彼此接觸那一秒以後，就要立刻分開，但這一秒，對於他們來說就夠了。那一秒的溫存，足以感動自己和觀眾。」

如果愛情一開始是源於一場荷爾蒙作祟的各取所需，那經過就是一次棋逢對手的互相較量，結果就是花開兩朵的各自成全。兩個真心喜歡的人，互相填滿彼此的生活，從感性的繾綣曼妙到理性的深思熟慮，共同度過平淡、現實、靜待考驗的每一天。

今年是我們在一起的第三年。她最喜歡的電影是《艾蜜莉的異想世界》，曾說法國平民攝影大師杜瓦諾的《市政廳之吻》是神作。她想遇見每個轉角的咖啡店，因為只有在巴黎，面對街道坐著喝咖啡才顯得不那麼突兀。

今天她也在這架飛機上。

我不夠豁達，所以習慣性地保護自己，雖然飛上了上萬英尺[9]的高空，落到人間還是會被現實同化。面對她，我真的是個普通人。看過的那麼多風景裡，她是最美好的，所以我一直覺得她值得更好的人，但我想成為那個更好的人。

---

9. 英美制長度單位，1 英尺合 0.3048 米。

抱歉現在不能立刻衝到你面前，掏出這枚戒指給你，但等接下來這首歌放完，如果你感覺到位，就點點頭，嫁給我吧。

這個世界讓我變成刺蝟，但你教會我溫柔。

City of stars（星光之城啊）

Are you shining just for me（你是否只願為我閃耀）

City of stars（星光之城啊）

There's so much that I can't see（世間有太多不可明瞭）

Who knows（誰又能明瞭）

I felt it from the first embrace I shared with you

（我感覺到你我初次擁抱時）

That now our dreams（所懷有的那些夢想）

They've finally come true（都已一一實現）

City of stars（星光之城啊）

Just one thing everybody wants（每個人翹首以盼的）

There in the bars（就是那熱鬧的酒吧中）

And through the smokescreen of the crowded restaurants

（以及煙霧裊裊的嘈雜餐館裡）

It's love（名叫愛的東西）

Yes, all we're looking for is love from someone else

（是的，人人都想從某個同樣孤單的靈魂裡找到愛）

A rush（也許是匆匆擦肩的某一刻）

A glance（或某個抬眼的一瞬間）

A touch（也許是不經意的輕輕觸碰）

A dance（一曲舞蹈）

A look in somebody's eyes（從某個人眼中看到的光）

To light up the skies（足以將夜空都點亮）

To open the world and send it reeling

（足以打開世界的新篇章 不復悲傷過往）

A voice that says, I'll be here

（好像有個聲音總在對我說，我會等你）

And you'll be alright（請你放心）

I don't care if I know（所以我不會在意自己是否清楚）

Just where I will go（將要到達的目的地）

'Cause all that I need's this crazy feeling

（我只願感受這奮不顧身的瘋狂愛意）

A rat-tat-tat on my heart（以及我胸腔裡怦怦跳動的心）

Think I want it to stay（希望這愛意能永駐我心）

article_#16

From 小華

退休函

各位文學院的男同學，今日是我最後一日當班，沒有留待夜裡同你們告別，主要是怕見著你們男子漢的眼淚。離別的場面傷神，人一輩子不能經歷太多次。我就把這段回憶當作懷念，寫成一封長信，與君分享。

看過的書裡，李白可以酒入豪腸，七分釀成了月光，餘下的三分嘯成劍氣，袖口一吐，就是半個盛唐。而我這等半路出家的山寨文化人，就閒來囉嗦幾句，還望不要笑話。笑出來的那幾個，我都會做好記錄，未來一個個修理。

成為你們文學院的宿管阿姨已有十餘個年頭，一晃就到了退休的年紀。當時選擇來大學工作，是覺得氛圍特殊，畢竟這裡裝著的是你們成人儀式後，最好的半熟年華。見著你們每一個，就像看到自己孩子似的，儘管他的樣貌也就停在了這個年紀。

如果他還活著，應該也是個挺拔的青年。怪我，傷心事就不再絮叨了。

你們說我保養得好，看不出年紀，親切地喚我為小華。路過我的屋子，總會捎帶一點零嘴，知道我愛讀書，就隔三岔五地給我送上幾本新書。我自認瞭解你們，當然愛是相互的，有時對你們太好，好到總端正不了自己的立場。偷開小灶使得線路跳閘，有人找我「擦屁股」，我從未上報過。那幾個夜不歸宿的慣犯屢教不改，我每回罵你們很用力，給你們開門倒也是勤快。別不承認，外人見你們都是「文人」，我知道你們，怪在肚子裡，淘氣在身上，但善良在心裡。

三〇一寢室的，當時你們帶起了養寵物的潮流，不知從哪裡弄來一頭豬，沸騰了整棟宿舍樓。後來被我發現有養貓的、養金絲雀的、養珍珠熊的，竟然還有人養蜥蜴。我無法想像我上報給學校說你們遵紀守法、愛惜寢室，結果輔導員查房時，卻是鳥語花香、驚聲尖叫。

一兩隻可以忍，變成動物園就說不過去了。

於是我拍下每隻動物，印成照片，背後寫上主人的劣跡，貼在我屋子門口。寵物消失一隻我撤下一張。終於在校主管檢查前，一切回到最初的美好。

另外隔壁三〇二寢室的，我知道你們找理工的同學偷偷改了宿舍線路，每晚到了十一點半也不斷電，夜夜笙歌，還斗膽開了間「深夜食堂」，冒菜煮得我這裡都聞得到味道。雖然特別想問你們火鍋料從哪裡買的，但還是勸君回頭是岸，聽說下一位上任的宿舍阿姨鼻子比我還厲害。

與你們相處久了，自然知道對付你們的法子。

二二三寢室找我訴苦的同學，當時你的下鋪晚上睡覺愛講夢話，講話無礙，還唱歌，唱歌也無礙，但走調就不對了。你準備好晾衣架，只要半夜下面開唱，就用衣架敲床，後來衣架不管用，你就用彈弓。直到兩人為此打了一架，前來我這裡爭論。我聽了你給我的夢話錄音，我當時怎麼與你說的，保證拯救你於水火，哦，不是，同學間一定要互助友愛。

在你買好水槍前，我給下鋪介紹了個女朋友，於是他搬出去住了。愛情眷顧有準備的人，其實我早就發現那個女同學常在門口製造偶遇，順水推舟罷了。

說起談戀愛，你們文學院的男同學比較內斂，說好聽點是文藝，難聽點是嬌氣。記得有位同學，為了避免引起笑話，我就隱去他的寢室號碼。他失戀那天，喝得爛醉如泥，三更半夜回來，第一次翻牆，結果褲子被鐵門上的尖柱穿了個洞。我夢裡依稀聽到有人哭，醒來打開門被驚著了，只見他倒吊著掛在大門上，我費了好大的力氣才抱他下來。他拽著那「破洞褲」，一見到我，不知怎的哭得更厲害。這小子還沒醒酒，我便給他倒了杯熱水。他眼波流轉地摸著我的手說：「這輩子沒喝過這麼好喝的飲料。」我嘆了口氣回他：「小夥子，我都是可以做你媽的人了。」他雙眼一閉，終於知道自己醉了。

你們這個年紀的愛恨情仇我見多了，無非是在談感情的時候拚命感動，被感動的時候誤以為是感情，殊不知感動與感情之間差了一次深談，一個親吻，一段相處。

你們作為男人，談戀愛要摸清女孩子的言外之意和欲言又止，不是女孩子們愛玩猜謎遊戲，正話一定要反說，而是有些男人太笨。阿姨是女人，但不只是為女人講話，這個世界上癡情的孩子不在少數。現在你們都喜歡說做自己，瀟灑轉身當然值得被歌頌，可是能大方離開一段關係的，都是有選擇的人，而那個被留在原地的人，往往沒人在意，其實他們最辛苦。

保護好自己，如果感情散場了，你還不願離開，那就在黑暗裡坐一會吧，掉淚的人無罪，忍忍就過去了。

剛來學校的時候，我每週會去市中心的老人院做義工，覺得與比自己年長的人聊天，能活得更通透。我相信二一二寢室的同學們也能明白，那時他們也常跟我去照顧老人。幾個年紀相仿的孩子看似志同道合的，結果在學校做創業項目時鬧翻了，現在那寢室裡只有愛穿花衣服的和那個瘦高個子了吧。

我是局外人，孰對孰錯不予置評。你們年輕，身上燃著火，據理力爭，很難退讓一步，誰都不想虧待自己，但凡有點資本就想寫個告示牌掛在身上。但成人世界的社交法則是只給出去一半的自己，保持點神祕感，有時候反而會變成安全感。被劇透的故事，就少了一半的可讀性。人也是。

你看那些聰明人，成日瘋癲懶散，考出來成績都比你們高。

同學們，大學四年一晃而過，你們在這四年對未來抱有極高的期待，但我不得不趁此刻潑一桶冷水，因為能對你們說真話的人不多。等你們畢業了，你們會發現大多數人都過著自己不喜歡的生活，甚至你們會經歷一個覺得「原來我這麼努力，就是為了讓自己過得不好啊」的階段。現實有時挺糟糕的，你們幻想的未來是應試的誘餌、文學的修辭，真正的生活去掉濾鏡，樣貌並不可愛。

阿姨不是為了嚇唬你們，而是想讓你們有個心理準備。畢竟有的南牆還是需要親自撞上，只希望大家不妄言，不做平添煩惱的計劃，學會自己做選擇，並承擔選擇帶來的結果。在忙碌的世界，成為各自茂盛的樹，自己枝葉繁盛，更要學會成全別人。

沒壞在你身上，就是好的生活。

請珍惜你們剩下的學生時光，不是因為它多麼好，而是因為它最純粹。人到最後，只會留戀簡單的東西。

不信你們過著看。

好好把握屬於你們的每個機會吧，守護執念，保持善良。愛情、性格、情緒、花銷，都要控制在九分之內，留一分退路給自己。今日所做的事，皆是明日的心甘情願，尋得良人，情牽半生。要做透明的人，潭中魚可百許頭，皆若空游無所依。

嘮叨至此，只因情誼深重，但深重不過你們接下來會遇見的更多人，我的世界如是這般，而你們的折疊鋪展，欲將開始。

就此告別，無掛無礙，山水終有相逢。

紙短情長，伏惟珍重。

article_#17

From 終於要與你告別的好友

青春滯留中

你走的那天一點預兆都沒有。

好歹也該風雲變色、六月飛霜什麼的，或者至少讓我心口猛然發緊，感覺有什麼事要發生一樣。但是，都沒有。

從你的葬禮回來，我翻著我們的QQ聊天記錄，無盡傷懷。突然看見你的對話框上顯示著「對方正在輸入……」，我被嚇個半死。

你傳來訊息，說雖然你人不在了，但已經設定好了人工智慧機器人回覆。

這個機器人強大到什麼程度？知道我的外號，我的內褲尺碼；知道我小時候喜歡摳鼻子，還把鼻涕蹭到桌底下；知道我家哪層抽屜裡有不可描述的光碟，哪雙限量運動鞋是莆田產的；知道我每天早上會準點喝一杯蜂蜜水養生，晚上再與兄弟們吃一頓二十多塊的麻辣梭邊魚，外加幾打啤酒；知道我談過幾次戀愛，鄰居家那個長髮愛穿裙子的女孩是我最近的目標。

我問什麼它都秒回，連表情符號都是你經常用的那些。我們之間的互動與過去唯一的不同，就是你不會主動聯繫我罷了。

有時恍然，總覺得你沒死，只是換了個活法。

高中畢業後，我離開了我們從小生活的那座小城，我是帶著與過去訣別的心態離開的，所以沒帶多少行李舊物，唯獨留了一本畢業紀念冊。有件事沒告訴你，我把你沒寫完的那頁畢業紀念冊給補齊了，特意模仿你的字跡，寫了封洋洋灑灑的臨別贈言——一輩子做你的小弟，愛你一萬年。

誰叫你活著的時候，總想當我大哥，你不在了，我就可以肆意欺負你了。

時間一晃而過，我把我所有的生活，都事無巨細地向你彙報：大學被當了多少科；積極入黨；科目二考了五次才拿到駕照；上班碰上多少個倒胃口的甲方，以及多少個不在乎員工死活的主管；隔壁辦公間的男生換了多少個女朋友；每天通勤要從最西邊坐一個小時地鐵到最東邊，有次睡著了，還把口水流在了一個老頭肩上；西邊新開了一家正宗的重慶火鍋店，辣到第二天如廁在馬桶上流淚那種；北邊開了家很大的網紅早餐店，清晨就排很長的隊，哪裡有我家樓下的煎餅攤子好吃。

我以為這個智慧機器人無所不能，可以完美替代你。直到有一天，我問你的意見，到底要不要花兩個月薪水換一臺「愛瘋」（iPhone，蘋果手機），你問，什麼是「愛瘋」。我告訴你今天吃了人生中第一家米其林餐廳，手遊裡我又送了好幾次人頭，你開始用「你在說什麼，我不知道」頻繁回答我的時候，我傻了，像是如夢初醒，驚覺腦中的烏托邦早已成了廢墟。

在你的世界裡，手機只有諾基亞，N95 是「機王」，最火的遊戲是《傳奇》、《夢幻西遊》，聽歌的工具是 MP3 和 CD 播放器，《超級女聲》是街知巷聞的選秀節目，同學們喜歡去街邊拍非主流大頭貼，男生們收集球星卡，女生們買校門口一毛錢一根的塑膠桿子編星星。你沒見過圍城般的鋼筋水泥森林，名利與金錢抖落的滿地霓虹，不知道線上可以看書看劇，出門可以電子支付，只要有手機，人就可以活在自己的孤島上，與真實世界若即若離著。

你早在我高中畢業那年，就被迫踩下煞車，提前離場。這個自動回覆的機器人再智慧，也只會整理你的過去，無法杜撰你的未來。

我突然很悲傷，魔怔般地淚流不止。兄弟，那年匆匆失去了你，未完成的遺憾悉數在此刻補回，以前是無話不說，誰都不願意先斷了話題，現在是無話可說，彼此的消息沒了意義。

我終於明白，那年在同學錄裡寫的愛你一萬年，竟只是一眨眼。我長大了，你卻還困在十八歲。

我是一個工作運很好的人，做第一份工作就混成了行銷部經理。在高爾夫球場上認識了幾個新朋友，一個是玩極限運動的，一個是網路電影的導演，還有一個是做物流生意的，他長得有點像你。我一度覺得你從手機裡跑出來了。他也留著平頭，眼神裡有水，竟然也在小的時候唱歌太用力，把臉唱壞了，得了顳顎關節症候群，因此左邊臉比右邊稍稍歪一點。我們聚餐那天，我喝多了，抱著他痛哭流涕。我給你傳訊息，說我看到你了，你回了兩個字：呵呵。

你知道現在的「呵呵」已經代表嘲笑了嗎？還有微笑臉的表情，這玩意也不是表達你很開心的。

我問你：你會忘了我嗎？你快速回覆：「不會」。隨後又問我：「你呢？」

印象中好像是這機器人第一次主動問問題。我想了想，說：「可能會。」

那一刻，我的遲疑是真的。故人已去，我又怎能與一個機器人說道永恆的感情呢。愈長大，就愈發現人生是個一路走一路丟的過程，得到來自現實的林林總總，又丟下曾經摯愛的吉光片羽，最後不再期待擁有，也不遺憾失去，而這其中變化的原因，你無從知曉。

佩索亞說過，在那個我們稱作生活的火車上，我們都是彼此生活中的偶然事件。這麼多年，我必須學會接受，這輛疾行的列車往前奔赴，我餘生最重要的日子你也無法參與，因為看到的世界不同，所以話題甚少，便不再有相聚的意義。

我也該放下了。

今日提筆寫這封信時，你已經走了十五年了。時常做夢，回到我們上學的那些夏天，落日的球場，沒剩幾個同學，你躺在我腿上，單手轉著籃球，我戴著耳機聽歌，與你喝同一瓶可樂。男女生的戀愛都沒有我們這麼好看的「曖昧期」。

後來我換了兩家公司，如今已經創業開了自己的連鎖餐廳。我在三十一歲那年結了婚，對方是個新疆女生，人美心善，遠超過我們青春期幻想的所有對象。我還有一個兩歲的女兒，叫小菠蘿。

高中的同學會，我就去過兩回。場面尷尬，大家都在比誰混得更好，再無其他話題，後面也就各自散了。曾經那三個打高爾夫球認識的朋友，只有玩極限運動的偶爾還有聯繫，另外兩個也就是朋友圈的按讚之交。跟你長得像的那個，胖了。還是你帥一點。

人與人的感情真是捉摸不透，一兩件小事能讓十幾年的感情說斷就斷，而有些朋友像是身體自然的新陳代謝，沒有決裂，沒有客觀事件影響，從某一天開始，兩個人就是漸行漸遠，不聯繫了。

這趟列車停站太多次，給了我們選擇和誘惑，因此各自都悶不作聲，去成為理想中的那個人，誰都沒錯。

我們注定在各自的天空下燦爛，就像當初你在千萬人中選擇了與我做朋友，如今把我還回千萬人中，因為你覺得我值得更好的生活。

抱歉，因為最近一次換手機，資料全部清空了，我想了好久自己的 QQ 密碼，怎麼也想不起來。我現在都不用它了。我也已經很久沒有打開你的對話框，問候你在做什麼，向你報告我的日常。

今年春節我回我們母校了，學校被市教育局收了回去，校名都給改了。新修的大門和教學樓特別奢華，怎麼什麼好事都沒被我們趕上。校門外的商店被推了，街道加寬成了四車道，說是能直接開去五環上。城市好貪婪，連最後一點淨土也吞掉了。

我們常去的錄影帶店早已不見蹤影，沒人再買光碟了。但必須說個很驕傲的事，周杰倫、林俊傑還是天王，現在的「一〇」後也聽他們的歌。那些旋律響起，我就能回到過去。

還記得有一天，我又喝得爛醉，我向你抱怨生活的不容易，你傳來一句傷感雞湯，安慰我說：「我依然能陪你聊日常，可再沒辦法陪你顛沛流離。」

嘿，你知道現實最殘酷的，不是什麼顛沛流離，而是情緒的折磨。長大了，一點都不好玩。

你和故鄉，都沒走到現在，其實挺好的。能活在人們的記憶裡，就是無恙的。

我清楚地知道，這應該是我給你寫的最後一封信，以後不會再叨擾你了。

人生大夢一場，青春的列車呼嘯而過，鄰座殘留著你的氣味。兄弟，謝謝你來過這個世界。不管你能不能看見這些話，無論你是宇宙一抹星辰，還是塵世一粒沙，是街邊搖尾巴的小狗，還是一朵矮牽牛花，只要你願意，隨時就能獲得快樂。

小時候沒講過這些婆媽的話，長大了，人的心就軟了。你沒見過這樣的我，見不到，也罷了，畢竟又不爭氣，落了淚。只怪這長夜的氣氛太傷人，有時手機響起，總以為是你給的溫柔。

article_#18

From 有在努力變好的小迷妹

請來打擾

你好姊妹，只能這麼稱呼你，原諒我還來不及知道你的名字。

你不用知道我是誰，我就是你的一個普通校友，這幾次見你，都是在圖書館。有一次坐在你對面，但也許我太普通了，你不會記得我，人山人海，你也不必記得。

為什麼想寫這封信給你呢？首先，我真的太喜歡你的打扮了。

漂過的黃色頭髮，襯得冷白皮的皮膚更加細膩。五官長得也深得我心，我就是想讓自己下唇再厚實一點，下眼角再垂一點，睫毛不用太長，眉毛像你這樣，一頭一尾，濃度一致就好。

我很少見到有人一身五顏六色又如此協調的穿搭，你總是燦爛的，但不刺眼。記得有一次，你穿著 Tiffany（蒂芙尼）藍的裙子，內搭透出了藍灰色褶皺材質的褲腳，玩味地踩著一雙搭扣黑皮鞋，上身是灰色條紋毛衣，最外面裹著駝色毛呢大衣，基本款的挎包也是 Tiffany 藍色的，上下呼應得格外好看。

明明都是來自習的，只有你最時髦，重點是有一種毫不費力的鬆弛感。這樣的女孩子，真的好有魅力，美好大方，認真生活。

我也想成為這樣的人。

其實第一次遇見你，不是在圖書館，而是在校外那個種了很多櫻花樹的公園裡。櫻花滿開，樹下的遊客熙熙攘攘，我看中了一棵花枝最茂盛的櫻花樹，不免俗地排起隊，拍照留念。

留住記憶是人類堆砌人生意義的方式。所以我的一萬種日常中，拍照先行，不論是打卡網紅餐廳、喝咖啡、旅行、逛展、看演唱會……都習慣拍照記錄，比起自己的肉眼，我更在意手機背後的電子之眼。

說實在的，我也不知道即使丟了幾張照片，失去幾段記憶，我這原本就缺斤少兩的人生會有什麼差別。但人總是這樣，愈富足的時候愈覺得缺少，萬種資訊都囫圇吞下，像一隻可愛的「電子倉鼠」，留著就行，萬一以後有需要呢。

那天，我在人群中注意到你，你獨自一人，仍然是一身絕佳的穿搭，只是你從未拿出過手機，別說自拍了，連拍櫻花的動作也沒有。你在各處櫻花樹下遊走，近距離觀察花朵的樣貌，你抱著幾棵樹的樹幹，好像在與它們交談，像是個生動的自然科學家。

視線跟丟了你，再找到，你正躺在一處草坡上，身下也沒有餐巾墊紙，不介意路過的行人，忘形地貼著大地，就這麼讓隨風吹散的櫻花花瓣落在身上。

我竟然被感動了，你成了風景。

也不知道從前那些心馳神往的抵達中，我到底看沒看到過真正的風景，不然記憶怎麼淪落到只能靠照片證明呢。

這場生存競賽中，比起脫隊，更可怕的是，習慣了。

這之後，我看到了很多關於身心靈的討論，說最能為自己充電的方式是走向大自然。我花了更多時間在自然中，如果感到疲憊，就去抱抱樹。撫摸樹幹上深深淺淺的紋路，身體裡有一股暖流，莫名感到安定，像是秋褲紮進襪子裡，小時候因為淘氣，手伸進超市的米堆，攪啊攪的，心癢癢。

我還學你，無所顧忌地躺在草地上，仰頭看天。雲捲雲舒，原來這麼好看。鳥群會在空中跳那種很新的現代舞，偶爾看到一架拖尾的飛機劃過，用手指模仿相機框下它，傳說中框一百架飛機，就可以許願了。

這是一場迷你的逃跑。

我來圖書館是因為沒多少自控力。一個人待著，資料看不進去，摸東摸西，再哼個歌，看一會兒短影音，一天就過去了。

看你最近在準備英語檢定，有時又在看小說，你也有手機不離手的時候，甚至來了大半天，都趴在桌上睡覺。可你總是一臉雲淡風輕，心安理得地浪費時間，也不知道你是真的情緒穩定，還是不擅長表露情緒。

我要是你，只會在又廢了一天後，拚命責怪自己，然後第二天繼續在上進和躺平中反覆橫跳，完成完美的內耗閉環。

你神出鬼沒的，一段時間不常出現，一段時間又集中出沒在圖書館和食堂。兩點一線，你總是獨來獨往，似乎沒人能走進你心裡，但你也不像是那種冷酷美人，畢竟和食堂的盛飯阿姨都能聊很久的天。

我無意間點開過一個青年義工旅行的公眾號，在推送中看到你的照片，才知道你經常離校的原因。

你就是不太喜歡一成不變的生活，不想當遊客，重在像當地人一樣去體驗，所以用做義工的方式換食宿，生活在別處。

你這次去的地方是三亞後海，在一家網紅民宿做櫃檯登記接待的工作，做一休一，有大把的時間玩耍。照片裡的你仍然留著標誌性的金色頭髮，素顏，笑得燦爛。你從三米的山崖上跳進海裡，肆無忌憚地穿比基尼，和新認識的夥伴們在沙灘上跳舞，喝醉了就跳進泳池裡，游到清醒。你們徒步去很遠的山脈，追了很多場日出日落，趕了海，吃了美食，對海上的月亮說了一個月的晚安。

文末，你說，正因為這個世界沒有什麼是永恆的，所以要珍惜每個瞬間。

原來這個世界上，真的有人在你看到的時候瘋狂散發魅力，又在看不到的地方，過著你不曾想像的生活。

我太戀家了，主要是，沒有出走的勇氣。我社恐，不太喜歡熱鬧，也不想改了，所以也不羨慕你這樣的旅行方式，只是由衷喜歡像你這樣有個性的人，自由，生命力旺盛，永遠有一種不被世界駕馭的能力。

這才是人類活在這個世界上的底色。

書上說，要學會隨喜，就是真實地稱讚一個人的優秀和美好，為他們取得的成績而開心。不僅是因為善良，也是因為自己也會吸引那樣的運氣和美好。

我們的教育裡，不太會真的希望一個人好，或者說比自己好。你隨便點開網路上的評論，大多數都是嘲諷，沒多少人願意敞開心，祝福一個活在自己生活之上的他人。

究其原因，我們就是這麼長大的，沒有什麼被表揚的機會。家人不說愛，永遠有個別人家的孩子；朋友也有些礙口，暗自較勁；更不指望男朋友了，普通且自信著。

我是個十足的 I 人[10]，看人的眼睛說話，容易結巴。只好

---

10. 指性格內向、內傾型的人。

趁你離開座位的這段時間，寫下這封信，只是想告訴你，你太酷了，你真的是個很好很特別的女孩子。

不用回信給我，也不用試圖在這裡找到我，因為太害羞，我此刻已經在奔回宿舍的路上了。腦子裡上演著你看這封信時的小劇場，希望你是笑著看完的。

如果有一天我們在一棵樹下相遇，抱它抱得最投入的人，就是我。如果可以，開口問好這件事，就交給你吧。

我不忙，請來打擾。

article_#19

From 暗戀過你的新娘

暗戀時代

前陣子看過一段演講，說為什麼我們總愛懷念青春，青春有什麼好，幼稚自負，為賦新詞強說愁，能力撐不起野心，精神不自由，還窮。但就是這種過程的未知，才有了幻想的價值，比如會不會多走一段路，就能跟喜歡的人牽手？比如堅持任性再多半個學期，就能交到盟友。

張同學，我的青春繞著你，組成了那個暗戀時代的全部故事，傻裡傻氣、無知、偏執、果敢……偶爾懷念它，也不錯。

你在隔壁班，我們之間被一個廁所隔著，所以那些年多數與你偶遇的場合，都在洗手間門口，以至於我現在聞到氨氣，就想起你。

喜歡你，始於手好看，陷於睫毛長，敬於聲音好聽，久於你手臂肌肉線條，忠於你沉默時的破碎感。綜上，還不是因為你長得好看！

起初暗戀你的招數比較低級，大概是偶爾翻翻你的微博、朋友圈，只不過這個偶爾說的是早晨睜眼的第一秒，洗漱的時候，等公車的時候，上數學課的時候和夜晚不忍闔眼的最後一秒。有句話說，人的臉上有四十三塊肌肉，可以組合出一萬種表情，我怎麼能做到不動聲色地看向你？所以每次你出現，我都很喧囂，只會忍不住齜牙咧嘴地用餘光瞟你。

暗戀的中級階段，我與你身邊的好朋友成了朋友。其實我大可不必這麼做，但為了不被看出來，只能不得已對所有人都好。從他們那裡，我打聽到你常用的音樂軟體，每天循環你的歌單；晚自習結束後潛進你們班，將自己喜歡的零食塞進你的課桌；收集銀杏樹葉做成書籤送給大家，其中給你的那片是最大的；為了假裝偶遇，每天下課都去廁所，我一個超級不愛喝水的人，只能硬著頭皮灌自己；還在豆瓣小組裡發帖，讓每個有緣的路人留下一句對你的生日祝福。

暗戀的高級階段，就是有一天你通過了我的微信好友驗證，給你傳的第一則消息，是我從八百個表情包裡來回選才選出來的一個「呵呵」。對，就是那個微信自帶的黃色微笑臉。我一個善用表情包「鬥圖」的勇士，對此很慚愧。

自此以後，每晚入睡都很有儀式感，列好了一整張紙的話題，總有一個會換來你的一句「晚安」，但在這之前，我一定會洗好澡，敷完面膜，再鑽進被窩，好趁著這句「晚安」還熱呼呼的時候，在夢裡遇見你。

都說暗戀心酸，但我覺得偷偷喜歡你久了，反而容易滿足，世界都是粉色的。每天上學搭的公車不是公車，是去城堡見你的南瓜馬車；抱著手機看你的上一句回覆，像捧個三代單傳的孩子似的；傳了一則處心積慮的朋友圈文，你按了讚，我在心裡點了煙火；聽你的朋友說，你好像對我還挺好的，我嘴裡說著「沒有啦」，手卻不聽使喚劈里啪啦重拳打在他們身上。

你看我一眼，不看我很多眼，心如死灰，死灰復燃，如此循環往復。喜歡一個人，本就是值得高興的事，我只是你的不一定，但只要想到你是我的確定，茫茫人海，在放棄喜歡你之前，我都覺得自己是幸福的。

後來我怎麼也想不到，高中文理分科後，我們變成了同班同學。那時我只有英語好，你弄不懂過去式和過去完成式，只要問我，我就臉紅，以至於我到現在都不敢看“have been”和加了“ed”的動詞。

我們第一次親密接觸是在社會實踐回來的路上，我最後一個上巴士，只有你旁邊有空位，我很不自然地挨著你。突然你腦袋搭在我肩上睡著了，我僵住不敢動，空氣中混著你身上好聞的肥皂味和我全身散發的汗臭味，我直挺挺堅持了一個小時，末了扶著腰下了車，你問我一句怎麼了，我說被你睡的。

我就說自己不適合講冷笑話。

我們學校裡有一塊農地，每個班都會認領一塊地種花種菜，作為期末考核的實踐分數。那次我們把種好的玫瑰拿去市裡義賣，我守著一朵親自照料的玫瑰，葉子被蟲蛀了個洞，很顯眼。我還給它取了名，叫小 Z，就是你的姓氏。義賣結束後我把它送給了你，結果你把它送給另一個長髮女生，作為交換，送還我一朵菊花。

那天我一路忍到回家才哭出來，哭累了就給菊花剪了枝，插在花瓶裡養，沒出三天它就凋謝了，我又掉了淚，養出感情來了，你懂嗎？

喜歡你這回事，像經歷了一場重要的全科考試，我要揣摩你給我安排的閱讀理解，要證明我與你不只是平行線，要恩愛過李雷和韓梅梅，下筆時斟字酌句，生怕丟了一分。但事後總能想到更好的回答，如果當初這樣，後來我們會怎樣。

今天我穿著校服回到我們的高中，也是因為學生放假，主任才特許我們進來拍婚紗照。從我的教室出來，再往前兩步，就是那個洗手間，味道還是如初，來到這裡，就想起你。

前面就是你的教室了，下課鈴聲響起，如果運氣好，會看到你從後門出來，與其他男生站在走廊上撒歡，寬鬆的校服搭在肩上，露出裡面你最愛穿的牛仔衣。

鈴聲適時響起，你從裡面走了出來，問攝影師站在這個位置可不可以。看著你，就想起我可愛的暗戀時代。我從不過問，那些年你到底知不知道我喜歡你，因為有些問題不再重要了，記憶很麻煩，很多細節需要重新拼貼剪輯。

我只知道，青春如雲而過，在成人的天空下，你帶我回了家。

article_#20

From 來自地球的家姊

跑著去遠方

弟，我拿下了人生中第一個全程馬拉松，此刻沒與跑團的人慶功，自己在家裡，剛喝完兩罐啤酒。看到新聞，NASA 和谷歌共同宣布發現第二個太陽系，這是人類歷史上發現的首個和我們太陽系一樣有八顆行星的星系。

弟，你去那裡了嗎？

你離開的那段日子，我一直在看天文相關的資料，想像宇宙的開端，創世前的虛無，連做夢都在腦中探尋十一個維度，空間之外的空間。那些茫茫宇宙的熱物質，在數光年間集結，是不是就組成了你和我。

只有看見銀河系外的星系，才能體會到自己渺若塵埃的乏力感，因為微小，也就有了妥協的能力。

聽說人死後會氧化成塵埃，變成停靠在窗前的蚊蟲，化作啤酒瓶上相鄰的啤酒花。至此我注視過陽光下揚起的灰塵，聞過每一瓶啤酒，與每一隻蚊蟲打招呼，可你都不捨得給我一丁點訊號。

你應是玩得盡興，我原諒你了。

六年前的絕望歲月，我陷在床上徹夜失眠，痛恨自己忽視你的憂鬱，沒給你足夠的關心。我也想過所有自殺的辦法，鐵了心要跟著你去。那天我偷了保全的鑰匙，上了公寓頂樓，時值盛夏，空氣裡裹著熱浪，我站在水泥圍欄上，頭上是三尺神明，腳下是惶惶人間。不知何時吹來一陣風，我竟然怕了，坐回欄杆上，哭了一晚，恨自己是個沒用的姊姊。

你究竟獨自經歷了多少黑暗，才絲毫不懼怕這縱身一躍的了結。

那時候，我是真的不明白啊，甚至怪過你，於是一頹廢就是一整年，直到繳不起房租。媽年紀也大了，獨自在老家掛念，為了這個家，我才試著重新接納這個世界。

你走後，我比較寡言，進了一些憂鬱症患者的互助團體，想瞭解你。我才知道，你不是因為不開心才生病，而是因為病了，才容易悲傷。那些被放大的情緒，沒有任何人有資格指指點點，我們隨便說一句「你要快樂」，才是最大的冒犯。

如果當初我早一點抱抱你，告訴你其實不快樂也可以，或許你就不必表演積極，努力抵抗這晚來風急，忽至的驟雨。我其實也喜歡雨天的，聽著窗外淅淅瀝瀝的雨聲，天與地半遮半掩地撩起灰色輕紗，像是一層安全的結界包裹著我。我在裡面吃飯睡覺工作，無比愜意。

我應該與你一起看雨的，而不是像不懂你的人一樣，想讓你成為太陽，要你發光，讓這個吊詭的世界欺負完你，還逼著你處處晴朗。

於是，我開始尊重每一個用力活著和用力死去的人。

後來因為工作的關係，我認識了一個夜跑的朋友。生日那天，她送我一雙氣墊鞋，二話不說就帶我繞著市民廣場慢跑，沿途看盡這一年我錯過的所有市井生活。在這種身體保持一個重複的頻率，不緊不慢的遊移中，心中忽然生出一種奇妙的安定。我沒怎麼跑過步，好幾次跑得腹腔抽著疼，想放棄，但只要這種安定感一出現，就停不下來。

像是在海中望見一處堅固的燈塔，落葉準確地落在濕潤的泥地上，穿行的人海中唯一在你身上停留的那個眼神——就是它了。

第二天我就加入了當地的跑團。弟，你能感受到嗎？走路太慢，開車的話又被物理空間束縛，只有跑步時，感受到吹過面頰的風，聞到每一條巷弄特殊的氣味，才能說服自己與這個世界是有聯繫的，它沒有拋棄我。

這些年，我時常想到你，沮喪的時候，就俯身繫緊鞋帶，向遠處邁步。每年我都會去世界各地跑馬拉松，印象深刻的是在美國西岸第一次跑半程馬拉松，當天還有很多「刀鋒戰士」參賽。他們在伊拉克戰爭裡失去了腿，裝著義肢，但跑得比一般人都快。

結束後，我們放棄回城的吉普車，而是穿行在夜晚的一號公路上，趁著沒有車子來，一夥人發了瘋，躺倒在路中央。

身上餘熱未消，我能感受到眼角汗涔涔的霧氣，看著天上懸著的整片銀河，身上的腦內啡和多巴胺作祟，我好像看到了你所在星空的位置。

我永遠記得那些「刀鋒戰士」中有一個叫Sam（山姆）的

人說：「跑步真的是世界上最無聊的運動，重複、枯燥，偶爾有人陪伴，大部分時間都沒有回應，但像極了人生。」

我那天躺著，靈魂早已立正，帶著思緒往深處去了。生命本就是一場循環的奔跑，生滅變化，開始和結尾早已經寫好，我們有幸參與，要找的終極目的地，一開始就不存在。半馬還是全馬，跑下來不重要，跑起來重要。所以人生談何意義，只有意思可言。

這幾年，我換了幾份工作都不稱心，於是索性做自己喜歡的，成立了自己的跑團，招募可靠的隊員，還做了 MCN（內容機構）公司，將他們打造成運動博主。我們在一座城市跑久了，就換一個新的陣地，每個荒僻的角落都要摸清。

熟能生巧，我帶著幾個博主開始玩起 GPS 繪畫。先設計好圖案，然後掃描導入跑步軟體裡，照著設計的路線跑，最後成像的 GPS 路線，就是完整的畫面。我們將這些跑步畫出來的圖傳到社交媒體上，定名為城市塗鴉跑，吸引了很多關注和效仿我們的朋友，享受奔跑，喚起本來的自信。

因為人穿不了牆，城市道路和建築有時也不按套路來，所以壓力集中在前期路線設計和後期的社交才華，要穿過興致正濃的跳廣場舞阿姨們，要勇闖養雞場的鐵柵欄，要跟學校的警衛人員閒聊……一路認識了百態的人。

我已經畫了超過一百幅了，有十二生肖、蠟筆小新、柴犬、牽著手的母子，還有回憶裡的你。

我看過的一場戲劇《馬克白》裡說：人生不過是一個行走的影子，一個在舞臺上指手畫腳的拙劣的伶人，登場片刻，就在無聲無息中悄然退下；它是一個愚人所講的故事，充滿喧譁和騷動，卻找不到一點意義。

我本以為我的人生在六年前就失去了意義，後來發現我根本不曾擁有過真正的人生。努力不一定會成功，很多次的勇往直前也只是「身在此山中」的兜兜轉轉。所謂生命，就是對死亡的補償。人生，是一個獲得幸福感的過程，時間長一些，幸福的次數可能多一些，短一點，也不是沒有幸福過。

我想，你與我們在一起的那段日子，應該也感受過幸福吧。

我本以為時間會讓我忘記失去你的痛楚，但其實身上留下的那個黑洞般的窟窿，始終空缺在那裡，時間只能狼狽地覆蓋，永遠不能填補破碎的痕跡。敲一敲，是空心的。

接下來令人扼腕的事還會有很多，漫漫人生，既要熬過人性骨血世態炎涼，也要享受柴米油鹽風清月朗。跑步於我，就是慰藉吧，還能感受到「我」的存在。畢竟這一生要帶著一個黑洞活著，與之共存，不容易，就像這混沌宇宙，本就是一場掐頭去尾的無可奈何。

即便我們團聚的時光寥寥，我也知足了。不講難過的話，我會好好的，相信你也抵達了更遠的地方。

article_#21

From 一本住進過你們青春的雜誌

再見啦，讀者們

親愛的讀者：

循此春風的足跡，我們似乎聽到了時光之河中漣漪的聲音，山水與明月仍在，我們的筆尖將在最溫柔的時刻落下句點。今天，我們不得已懷抱憂傷的情緒，宣布我們的文學雜誌即將停刊。

這本雜誌誕生至今，有幸陪伴大家走過十八個年頭，如同養育一個嬰孩，在他成人這一天，我們選擇放手，這是共同連接的結束，也是一個紙本生命成為回憶的開始。

記得十八年前雜誌的創刊號，我們編輯部的五位編輯熬了好幾個通宵，年輕的身體裝著一腔孤勇，不問來路，動用所有能想到的招數，最後以堵家門口的方式拿到知名作者的供稿，趕在開天窗前準時付印。

時間發條撥回到那個年代，還沒有「內耗」這個詞，青春期那日夜的惆悵，是滿船清夢壓星河，一旦有了熱愛，少年們便可鮮衣怒馬，春風得意，一日看盡長安花。

誰都沒想過，我們的創刊號賣出了五十萬冊，成了當時異軍突起的代表年輕的刊物。

我們與讀者的時態裡，時間是有刻度的。每個月十號，我們的雜誌上市發行，安撫了彼此一整個月躁動的期待。有讀者欣賞我們封面藝術家的插畫作品，從臨摹開始，後來成了美術系的學生；我們每期的卷首，是用攝影作品製作的紙上短劇，那些亮眼的模特兒擁有了自己固定的粉絲；雜誌內文的每一頁的底部，我們設計了交友欄，在那個還以筆跡抒情，用口水黏郵票的年代，見字如面是朋友間最文藝的問候；有讀者還收藏了雜誌附送的周邊，儘管那是我們每個月最頭疼的事，不想重複，贈品還有成本限制，幾乎是戴著鐐銬跳舞，編輯部的幾個門外漢，最後都成了周邊商品專家。

需要特別介紹的，是我們的連載小說。每期雜誌容量有限，至多刊登兩位作家的作品，往往一部小說需要連載一年甚至幾年時間，讀者們追連載像是一個談戀愛的過程，相遇，逐字逐句熟悉，然後與紙上的人物有了感情。鑑於此，一定要感謝讀者們厚愛，才讓後來出版發行的單行本，同樣收穫了不俗的銷售成績。

我們有很大一部分讀者來自學生群體，有幸住進過他們漫長的青春歲月，陪他們踏遍大街小巷，消遣四季的時光。萬物春生，暗戀的人用課本擋著雜誌，在角落裡看得津津有味，但總有那麼一兩次不小心，被老師敲頭，將雜誌沒收了去；盛夏蟬鳴，上市的新雜誌配著冰鎮汽水，還沒來得及看完，就被班上的同學互相傳閱，再回到手上，摺起的書腳一定不忍直視；一葉知秋，雜誌翻一頁，終於知道了故事的結局；歲暮天寒，隨手摘抄雜誌上幾句動人的句子，好像就沒那麼冷了。

我們一起走到青春散場，請原諒接下來，我們不能一起變老了。

在此，還要感謝這十八年來為雜誌供稿的作者們，文字是宇宙製造的最短的天梯，連結了無數個平行世界。

十八年來，他們書寫了快意江湖，科幻世界，在校園裡因疼痛打翻的初戀碗盤，也在城市中被生活重新黏合，以愛解渴。月亮本來只是月亮的，與想念無關，森林隱沒在霧中，它怎會有情緒，虛構的故事也可以讓人流淚和笑出聲，原來安靜地坐在一處，精神也能抵達遠方。

生活本是如此具象的，那些印刷在紙上冰冷的細明體 10.5

級字，因為被閱讀，世間萬物便有了溫度，讀它們的人，也豐盛了。

時間行至此，為了適應新媒體時代，我們也試過改變，做電子雜誌、有聲書，開通了自媒體，想要與讀者有更多互動。一開始以為是一場和電子書的較量，後來敗給碎片化閱讀，最後才發現更大的敵人是短影音。那個只需要動動手指就可以擁有的斑斕世界，一分鐘看完一個完美的故事，看似製作粗糙卻有大數據模型支撐，一刻不停地向大腦供給興奮養料，而需要靜坐一隅，細細咀嚼的紙本書，顯得老態龍鍾，全無一點鬆弛感。

停刊，對我們而言，是一種無法言喻的失落，它不僅意味著一段時光的終結，也象徵著我們共同夢想的擱淺。做雜誌的這一批人，大多數是理想主義者，不太喜歡缺斤少兩的現實世界，眷戀文學的溫存，成不了「king of the world」（世界之王），得不到「one piece」（漫畫《航海王》中的祕寶），至少也期待著，這個世界能因為他們的表達，有一點點不同。他們中，有人不太愛說話，腦子裡都是語言碰撞的聲音，閒時養貓種花兩耳不聞窗外事，忙時對來處的一陣風都敏感，有一種冷冽的精彩。

清澈的讀者是濃郁的朋友。正是我們的惺惺相惜，在意一期一會的儀式感，才讓這些紙張和油墨藏在等待裡，每個月綿長的時光有了盼頭。經年累月逐漸被填滿的書架上，雜誌一字排開，書脊整齊，像綿延有致的山。

現如今，閱讀是去中心化的，無須等待，隨時發生著。我們編輯的速度跟不上訊息更迭的速度，一些網路熱門「哏」，等到雜誌下個月上市後已經退潮了；作者寫專欄耗費的時間精力被微博和公眾號分化；一個月只有幾千字版面的連載，早已無法滿足讀者的需求。

這個世界，不知從何時飛來許多資訊的蝴蝶，牠們揮動翅膀，親密維持十秒，又伴隨著遠飛。

現代節奏太快了，有時我們自己也無可避免，上了車，很難停下來。近年時興的直播賣貨，我們也參與了。雜誌和單行本低於四折售賣，還要排隊等一些帶貨的讀書博主，有時幸運，上了他們的直播間，碼洋是上去了，一核算成本，其實入不敷出。我們的發行和廣告同時在打折，加之紙價上漲，成了懸在頭上的達摩克利斯之劍（永遠存在的立即性危險），實在難以負荷。

即使堅持做紙媒不易，我們也不想讓它消失，但生意不是喊口號，命運仍要靠現實裁決。

人類愈來愈疲憊，不是因為缺失，而是因為資訊超載。我們生活在被偏好推送的資訊繭房中，閉眼之前和睜眼之後，還來不及消化上一個資訊，更多的大小事件便紛至沓來。世界的打開方式，早已不是薛丁格的貓，不是生死未卜的探討，而是潘多拉的盒子，驚喜和驚嚇並存。

有時候以為自己的閱讀量已經上了段位，等到了社交場域，腦中卻無法提取有效的資訊聊天的話術趨於一致，講個故事有時都講不完全。暢銷書的榜單上，除了一兩本經典名著，多是療癒類的非虛構作品，文學成了心理醫師般的存在。充滿故事的老街，一旦沒有人來，街上就沒有故事了。

不僅如此，AI（人工智慧）加快迭代速度，一鍵可以生成好幾幅大師級別的畫作，只需要輸入指令，就可以完成一本數萬字的小說。其實我們不怕被替代，而是要共同面對即將出現的資訊過剩。或許未來我們要練習的，不是閱讀能力，而是在這恆河沙數的資訊中，學會篩選自己真正需要的。保持思辨與質疑，讓大腦深度思考，而不是習慣投餵，給它什麼，它就長成什麼模樣。

雜誌出版之初，我們夢想成為文學的一枚羽翼，支撐人們飛翔。後來明白，我們的使命，其實不是讓人更加努力地活著，文學是一種浪漫的消遣，可以讓人慢下來，從現實中偷個懶，進入一種靈性的專注狀態，音樂、電影、藝術皆是，像是冥想，坐在公園發一下午的呆也可以，能夠放下生活的沉重，尋找一種讓自己輕盈的方式，有趣地度過一生。

飛近太陽的伊卡洛斯，因為蠟做的翅膀被融化，最後墜入愛琴海。願我們都能找到不被融化的翅膀，循此苦旅，以達繁星。

我們會在那裡重逢。

article_#22

From 紅樓夢中人

我們別來無恙

Paul（保羅），你曾說過，一個人徹悟的程度，恰等於他所受痛苦的深度。這些年，我換了很多次愛人，選擇流浪，原本以為誰能讓我靠岸，最後卻囿於自我，困在浪中，步入了人前瀟灑、人後孤獨的中年。

Paul，不都說年紀愈大愈容易忘事嗎？但為何很多事，總在腦中逗留，只有入夢，才能稍稍忘記。

半個鐘頭前，在我常去的書店，我買了一本納蘭性德的詞傳，結帳的時候，老遠就見你在牆角喝著咖啡翻雜誌。你瘦了，臉頰凹了一塊，被未剃完的鬍渣填著，遠看像有一道沉著的陰影打在臉上。我咬著唇，沒有上前打擾你，鬼使神差地拿出手機，想拍下此刻的你。手有些顫抖，按下快門，結果忘記關閃光燈。面前埋頭看書的客人們，都尋著光源蹙眉看向我，你卻沒有抬頭。

我其實挺想讓你抬頭的，看看現在的我。

記得你第一次見我的時候，只是眼光輕佻一掃。我確定你的目光在我身上停留了一點三秒，哪怕當時你是從香港過來的總經理，我只是一個剛進公司的實習生。我忘不了，你那天穿的西裝挺拔，進會議室時拎著一個搭扣的棕色公文包，給我們講解亞洲的唱片市場。你的普通話很蹩腳，習慣用食指中指並攏著畫圈來配合陳述，每句話末尾要加一個「right」（好），以至於我「乾貨」沒聽進去多少，倒是數了你說了多少次這個可愛的英文單字。

我那時是個涉世未深的女文青，粗布麻衣，素面朝天，頭髮都是早晨為了不耽誤趕地鐵隨意紮的。你在十幾個人裡選中我，問我入行的原因。我瑟瑟回答，因為喜歡聽張學友。

知道你愛《紅樓夢》，是你的助理說的。那次你飛英國前掉了本書，重買一本都不行，非要人從公司送去，正好我在加班，我從你辦公桌上取出那本寫滿了標記的《紅樓夢》，還是一九九六年人民文學出版社的版本。我叫了車，用最快的速度去機場見你。

不僅如此，你是我見過的最可愛的香港人。我們到底算是有緣，偶遇過好幾次，一次在二手唱片店，看到你戴耳機聽黑膠；一次在大排檔，我們都愛點海蠣子麵；最後一次與你偶遇，是在國慶長假。我習慣在公司寫東西，想寫《紅樓夢》，便舉著書，在座位上研讀。你看見了，穿過密密麻麻的辦公間，來到我的座位上，邀我一起吃晚餐。

我當然拒絕了。

後來你一共邀了我三次。第三次的時候，你說保證不讓其他同事知道。

那頓晚餐全程我們都在聊《紅樓夢》，你問我：「寶釵愛寶玉嗎？」

我很肯定地說不愛。山中高士晶瑩雪，寶釵太通透，看徹了人生，心裡有碑，卻守不住愛人，只會苛求圓滿的惺惺相惜。

你卻笑笑說：「寶釵正是因為看得透，所以評價標準高，寶玉在她的標準之下，卻在標準之外。她是愛而不知，有感而刻意避之。寶釵的心性早熟，頗像現在的事業女強人，或許當她脫掉鎧甲，點著菸，回到自己一個人的家，電視適時放起小情調的愛情輕喜劇時，她也會羨慕，泛起少女心，勾勒心裡的

Mr. right（意中人）。她不知道那個人是怎樣的，但肯定不是寶玉這個小孩。」

末了，你看著我，眼神溫潤而誘人，說：「你這麼聰明的女生，怎麼可能看不出來。」

那晚我去了你的公寓，我們發生了關係。我沒問你的過去與現在，也沒敢討論未來，我不想翻看你的錢包和手機，甚至從不過問你每次完事後，在陽臺點菸與誰通話。

我不會在你身上尋求戀愛的模式。不是我不愛，只怪我太聰明。

我們這樣的關係保持了一年半，後來你大段時間待在香港，我在內地混得風生水起，給無數當年暢銷的金曲唱片寫過文案。再往後，你從香港搬來北京，住在我隔壁小區。

某天你給我打電話，讓我上你那裡坐坐。明明說好小酌香檳，你卻醉了，不肯放我走。我穿著衣服，陪你在客廳坐了整整一夜，我們話很少，彼此用理智克制感情，沒人挪動半寸。

我承認我愛上你了。

女媧氏煉石補天時，用了三萬六千五百塊頑石，只單單剩了一塊未用，便棄在大荒山青埂峰下。我們都以為，自己是被命運選中的那塊頑石，幻想被一僧一道拂去塵埃，在人世間經歷災劫，度化金身，帶著一腔熱血和故事回到山腳，昂首以為自己是最特別的那個。後來才知道，從始至終，都不過是一塊被遺棄的石頭罷了。

那夜之後，我們徹底斷了聯繫。說來奇怪，我們離得那麼近，卻再也沒有見過。只要你樂意，北京城就是一片偌大的宇宙。

後來聽說你退出唱片這行，做生意去了。更有謠傳說，你得了罕見疾病，沒有撐過第三次化療。

你知道嗎？昨天是我的四十三歲生日。這二十年間，我再沒讀過《紅樓夢》，至今也未婚，算命先生說我命裡有一坎，大概是過不去了。我等著時間風帆經過，滾回我的大荒山，靠岸做回普通的石子，這俗世經歷，終究逃不過一個人的當頭棒喝，逃不過一場空。

我想像過無數次與你重逢的場景，冷眼裝作不熟識，或是故作輕鬆地給上一個擁抱。卻沒想過是這樣，因為手機的閃光燈，我狼狽脫逃。

試圖忘記的人，是忘不掉的，那些快樂、堅定、委屈和遺憾，在我們心上劃了幾刀，被日子療癒，留下深淺不一的痕跡。

我們根本不擅長遺忘，只是學會了接受，就像是去健身房，每次加一點力量訓練，直到徹底理解了那些不可理喻的愛和恨。

但願日後想起你，只是生理上的微疼，而不覺得痛苦。

其實有些事我沒告訴你，有一晚在你家，聊起我們的相識，你覺得我與眾不同，所以認為是你追的我。其實你不知道，是我偷看了你助理的工作筆記，知道你常去那家印著玫瑰 logo（標誌）的二手唱片店，所以我總在那兒等你。我知道你愛吃那家大排檔的海蠣子麵，就向老闆打聽好了你來的時間。還有在公司那次，我與自己打了一個賭，我翻著《紅樓夢》等你一個下午，如果你走到我身邊，就證明我成功了；如果沒有，就當是白費氣力，沒關係，反正年輕，時間還多。

這道菜，我曾見過的；這本書，我曾見過的；這個像電影裡一樣完美的男人，我曾見過的。你愛我的樣子，我倒不曾見過。

如果還是二十多歲的那個丫頭，我想在今天之後，我會打扮得漂漂亮亮的，再來這家書店假裝跟你偶遇。可現在不會了，我知道我們不會再見了。

剛買的這本書，納蘭性德寫著：「誰念西風獨自涼，蕭蕭黃葉閉疏窗，沉思往事立殘陽。被酒莫驚春睡重，賭書消得潑茶香，當時只道是尋常。」小時候我不懂「尋常」二字，現在問我，大體是人間轟轟烈烈，時間潮漲潮落，淹沒過往的閒適、馨香與奮不顧身，本該與你在一起，任是無情也動人。

article_#23

From 捕捉訊號的人

廣島訊號之戀

冒昧打擾，我是一個住在日本東廣島的無線電愛好者，今年六十歲了。我於七月二十七日，收聽到你們綜合廣播電臺的訊號，播送時間長達七分鐘，內容為廣告和娛樂新聞資訊。

非常高興能寄上這封收聽報告信。

我的家鄉東廣島位於日本廣島市以東三十公里處，雖然比起大城市，少了繁華的樓宇和寬敞的街道，但是春天櫻花爛漫，秋天紅葉漫山，冬天也會下雪，只是很快就融化了，這裡被大自然親吻過，是舒適的居住地。

我查詢了地圖，我這裡距離貴臺所在地中國浙江台州，大約一千兩百公里，而 FM 調頻廣播一般僅能傳播一百公里左右。那日收聽到貴臺的訊號，應該是夏季電離層異常引起的特殊現象。如此說來，我像是抽中了宇宙的彩券，在雲端之上，離繁星最近的位置，宇宙悄悄為我反射了一抹驚喜。

真是不可思議的奇蹟啊。

請允許我向你們介紹我的經歷。我於夏季出生，但性格並不像夏日的陽光那麼熱烈，三歲時才開口說話，在那之前，家人們很著急，認為我有什麼疾病，帶我去了很多診所都檢查不出毛病。

我的確不愛表達，即使後來再大一些，也不喜歡說話。十歲之前的記憶，像是一團棉花，記不太完全了。

國文老師說，每個來到人間的孩子，會選擇一個愛好，作為他們認識世界的禮物。很快地，身邊有人開始唱歌畫畫，女孩子互相交換貼紙，同齡男孩子喜歡玩具車和水槍，而這一切，我都沒有興趣。

小時候家裡有臺老式的收音機，父親偶爾會聽一些歌曲和新聞，我就跟著聽一些，那是我認識世界的唯一方式。

直到十幾歲時，讀到一本《世界廣播電臺指南》，我學著用那臺老式收音機，撥弄調頻。收到第一個海外電臺的訊號時，有種如夢初醒的感覺，我開始對海外電臺著迷，彌補後知後覺的熱愛，帶著一點偏執，捕捉遙遠的電波。

那些年我放學到家第一件事，就是窩在收音機旁，認真記錄。窗戶上糊著的黃色油紙被風扇吹著，發出有規律的響聲，母親切好的西瓜放在腳邊，總會引來蒼蠅，我因為太專注，來不及吃上一口。

母親還為我擔心，諮詢了老師，老師很堅定地說我以後可以成為外交官。

大人總喜歡將一個愛好與職業聯繫上，有人喜歡跳舞，他們說要做舞蹈家；有人喜歡畫畫，他們說要當畫家；對天文著迷，他們就說要當太空人。為什麼不能只是喜歡隨著音樂擺動身體，塗各種漂亮顏色，在夜晚抬頭看看星星呢？

愛好變成工作，就離失去那個愛好不遠了。

還好，我只是一個農業機械公司的工程師，如今已經退休。但這五十年間，我從沒放棄過收聽海外電臺。

我有一個書架，用來存放我的收聽證明書，如今已經擺滿了大大小小的文件夾，這裡面的證明多是我自己製作印刷的。如果捕捉到海外節目的訊號，就去尋找發出聲音的電臺和城市，寫信給他們的總臺，隨信附上印好的收聽證明書，希望可以獲得一個蓋章的回覆，證明我收到了他們的訊號。

外人看來或許會有一些神經質，但我的熱愛，我懂得就好，別人理解了，反而沒意思了。

有時收到的訊號很短，聽不到臺呼，不知道它來自哪裡，就遺憾錯過了。所以能被記錄下來，得到收聽證明書回覆的訊號，更像是來之不易的紀念品，我可以在老到不能走動的時候，打開這些文件夾，對自己說，我曾經到過那裡喲。

這是欺騙自己的謊言，哈哈。雖然我從未離開過日本，但這些訊號可以帶著我出發。不知何故，即使彼此沒有聯繫，一種親密感也會就此誕生。網路上沒有這樣的事，甚至是旅行，即使抵達了遠方，可能也不會有。

我有一次收到芬蘭廣播總臺的訊號，向他們寄去收聽信函，主播竟在節目中念了我的信，甚至我後來收到一位芬蘭聽眾的來信，我們最後成了很好的朋友。

他也是無線電愛好者，是自然資源研究所的一位森林科學家。在森林間行走，採摘漿果和蘑菇，聽風看雨是他的日常。他的家鄉叫坎努斯，坐落在芬蘭西海岸，一座擁有約六千個居民的小鎮。

他有一個屬於自己的呼號叫「Ikube」，用無線電結交了眾多好友。是他告訴我，有一種流星餘跡通信，利用流星掠過空中時的電離，可以將電波帶到更遠的地方。人類的聲音乘坐在流星的尾巴上，穿越大氣的塵埃，在千里之外留下觸點。不知為何，從此以後，天空在我眼中變得無比蔚藍。

那些記錄中，他聽到過女太空人和地面的通話，捕捉過持續零點八秒的神祕訊號，還有很多完全聽不懂的語言。太豐富了！還有什麼是比這個更浪漫的愛好呢，愛好才不是認識世界的禮物呢，是認識自己的禮物吧！

那年聖誕節前夕，我收到了他從芬蘭寄來的明信片，上面印著極光，落款寫著“From Santa Claus”（來自聖誕老人）。

那是最溫柔的禮物。

遠距離收聽像是尋寶，需要有絕對的專注力，像進入一種冥想的狀態，非常鍛鍊意志。我要豎起耳朵，緩慢調試，在日語頻道中辨別各種外語，有時好幾個月都收不到一點外國訊號，但人總是這樣，愈是想得到的東西，神明愈是偏不給你，有時不去想了，偶爾打開收音機，隨手調頻，就能捕捉到。否則怎麼叫意外收穫呢。

這次聽到貴臺的節目，就是在一個再平常不過的午後，我睡了個不長的午覺，坐起身的時候，肩膀有些痠脹，一邊敲著背，一邊打開收音機，你們的訊號就降落在我家了。

我從不許願，也不說負面的詞彙，其實人生有個作弊的技巧，相信自己已經擁有了想要的東西，結果就是你一定會擁有得愈來愈多。

其實，生命就是互相吸引的波段啊！

叨擾至此，來信附件為本次收聽的錄音文件 CD，以及收聽證明書，如果可以，勞煩為我蓋章簽字並寄回，已附好十元人民幣的郵資。

請確認我的收聽，則幸甚矣。敬候您的回音。

article_#24

From 在路上的攝影工作者

老模特兒

各位觀眾好，歡迎大家來到我的攝影展。

一直在思考展覽前言該以何種方式書寫，作為本次在地文化藝術節的參展成員，場地和形式都不同於我過往做過的任何展覽，索性就以書信的方式，為展覽前言開篇。

第一次來到這個小村子是一年前，本是應主辦方邀請為他們今年的在地藝術節拍攝官方素材，如今成為參展藝術家之一，為自己策展，前前後後在這個特殊的村落裡待了一年時光，非常感謝這段奇妙的緣分。

作為商業攝影師，近五年時間，我已有很多成熟作品。大部分日常都是跟隨雜誌、品牌和明星在全世界奔波創作，一度忙碌到只有在萬米高空的機艙裡，才有喘口氣睡個踏實覺的時間。

說實話，一個人在生活上了高速以後，都是被推著走的，其實與欲望無關，名利都有了，你也不知道每天到底在拚什麼。所有人看著你，每天被熱鬧圍繞著，認為你外向且能量充沛，但只有你自己知道內心的缺失和孤獨。不回到一個人的家，那副社交面具就不會拿下來。

我們都在努力演好別人心中理想人生的樣子，但又害怕輕易提及理想。我早已忘記按下第一個快門時的心情。現在想來，這一路最珍貴的，反而是對理想懸懸而望的階段，因為得不到，所以還有期待，有了期待，日子就是甜的。

初來村子探訪，我用兩日時間拍攝完成了其他藝術家的素材。在地藝術節最特別的，就是與當地人文景觀的交融，村頭到村尾的每一條小道，老房，破舊的石柱，每一片林地，每一處山坡、草叢，都可能是展覽場。

那兩日，我舉著相機在村頭村尾之間走了好幾次。這基本就是個老人村，年輕人甚少，超過百分之九十的村民是早年為國家建設水壩而從周邊移民過來的。從無到有，劈山鋤田，生活至今。

某一天，有一位徐姓老人找到我，她的鄉音濃重，我在本地的工作人員的幫助下才聽懂她的話。

她有一個特別的請求，想讓我為她拍攝一張遺照。

徐老太太今年快九十歲了，老伴走得早，膝下無兒女，孤身一人。她最大的心願就是能有一張遺照。雖然不知道留給誰看，但就像她說的，如果連一張照片都不留下，那在這個世界上就是一點痕跡都沒了。

中國人忌諱聊死亡，出生是喜事，恨不得昭告天下，死卻成了不可說。愈悲痛的事，愈要吞進肚子裡，想讓人記得，但表現出的，是怕被記得。

徐老太太成了我職業生涯中最特別的客人。

我當然願意為她拍攝。一開始搭了白布，想來背景乾淨，她說不喜歡，想要紅布。老人家執拗，偏說紅色顯眼。我沒轍，應了她。拍攝的時候，她止不住笑，小眼睛藏進皺紋裡，咧著嘴，光禿的牙齦搶鏡，樹皮般的皮膚蜷縮在一起，可愛又生動。

我竟也被她逗樂了，為她這張特別的遺照按下快門。

後來我問她拍照的時候在想什麼。她說：「想到可以死的那天啦！」

如此堅定赴死的心讓人哭笑不得。本以為徐老太太就是性格如此，一個樂天派的老頑童，也是與村主任聊過才知道，她的孩子當年跟著他們劈山，滾下山去世了，老伴因此病了才走的。她倒是扛下來了，但半生的眼淚全憋進肚子裡，傷了腦子，偶爾不清不楚的，外人也不知道她在想什麼，整日就是這樣樂呵呵的樣子。

村子裡還有很多像她這樣的老人，多數留守在此，一生都未出去過。甚至有些老人家，從未拍過一張像樣的照片。

拍攝完徐老太太，我在電腦上挑選照片，生出一個想法，想為村子裡更多的老人拍一張肖像照，他們可以用作遺照，或者單純作為紀念。

我將這個計劃告知徐老太太，她的性格風風火火，很快為我招攬來很多「模特兒」。我向主辦方借用了一個老屋，維持屋裡的原貌，簡單置了景。有了拍徐老太太的經驗，我準備了好幾種顏色的背景紙，讓老人們自主選擇。

拍攝當天，小屋外來了近百位老人。徐老太太精神矍鑠，在人群最前面組織紀律。

有幾位老人沒拍過照，在鏡頭前容易緊張，很難坐定，控制不了表情。徐老太太成了我的攝影助理，給他們講一些我聽不懂的笑話，於是好幾朵燦爛的花開在老人們的臉上。

聽說我不收費，老人們過意不去，連連擺手，步伐矯健地追著我，硬要送上自家做的凍米糖和煮豆腐，甚至拎著新鮮的魚和蔬菜水果，每天守在我必經的村口。

吃著這些食物，咀嚼他們的一生，我心中很多缺失也被縫補了。

我從未有過這樣豐盛的收穫，當初愛上攝影的理由，是喜歡用這樣的方式記錄永遠。人類習慣對時間不忠誠，如果不記錄，沒了回憶，變老就是一瞬間的事。

看著百位老人的肖像照，我決定留在這個村子，進行更多在地創作。主辦方看過這些照片後，提議讓我作為參展藝術家加入這次藝術節，就以為老人們拍照的這間老屋作為展覽場地，將這裡改造成他們的回憶小屋。

在這間小屋裡，我採訪了一百位可愛的老模特兒，將他們與這個村子的故事拍攝成紀錄片，並製作了二維條碼，附在每張肖像照上，掃碼即可觀看。

此刻，每位觀眾看到的這些肖像照，正是來自村中的一百位老人，他們皆因一聲號令，背井離鄉，輾轉來到一千多公里外的荒蕪之地，為國家建設付出一生。這不是光靠力氣能完成的事，還要有常人不可體會的信念。歷史在他們身上描摹出了艱苦的底色，每一張燦爛的笑容背後或許都承載了一段心酸的往事。

但至少說起這段人生經歷，他們都是笑著的。

這也正是本次攝影展想表達的主旨，作為觀眾的你，不論此刻正禁受怎樣的斜風冷雨，最後都能笑出來。

一定要為自己笑一下，畢竟這一生為別人哭了好多次。

本次展覽中，每位老人都提供了一件心愛之物，無序地堆在老屋中。所以觀眾們在展覽動線中看到的每一件老物件，如縫紉機、老虎枕頭，甚至是不起眼的幾枚螺絲釘，它們不是我們沒處理乾淨的廢棄之物，而是本次展覽的一部分，是老人們的回憶。

前面講到的徐老太太，給我的展覽物品是一把口琴。這是她老伴留給她的，除此之外，還有一張他年輕時的照片。徐老太太忘記這張照片從何而來，小小的黑白照片，在時間的關照下已經褪色發黃。依稀能看見一個昂首的男子，穿著毛衣長褲，站在村子的後山邊上，雙手扠著腰，年輕氣盛。

我瞞著徐老太太，用 AI 修復了她老伴的這張照片。儘管在創作領域，AI 技術的使用有很多爭議，但不可否認，在另一個維度上，AI 的確能為有需要的人彌補遺憾。

我將照片用相框裝好，去徐老太太家的路上，想像了很多她看到這張照片的畫面。不知為何，想起自己的爺爺奶奶，他們在我的記憶裡也泛黃了，可惜的是，沒能讓他們的靈魂在我的相機裡留下星星點點的克重。

再強大的心臟，想到徐老太太泣不成聲的模樣，鼻子已經酸過幾次。

沒想到，她看到修復後的老伴照片，並不驚訝，也沒掉一滴眼淚，只是看著照片，重複說道:「他年輕時就是這個樣子。」

末了，她問他：「什麼時候帶我走呢？」

徐老太太好幾次做夢，都能回到幾十年前的屋子裡，家中舊物還在，只是不見老伴。她總有錯覺，以為自己的時間終於到了。結果都伴著晨光醒來。村子裡的雞準時叫喚，這冗長的日子照常運轉，她也能吃喝，每天在村子裡溜達，儘管腿腳越發疲軟，背早已直不起來，腦子好一天糊塗一天，老天爺也沒給她氣口，讓她斷了這壽命。

給我這把口琴的時候，徐老太太很激動，她說終於夢到老伴了，他就在屋子裡吹著口琴，吹的歌她都記得，叫〈秋水伊人〉。徐老太太在夢裡想往前一步，但身體不受控制，反方向往屋外面走。

然後夢就醒了。

開展前，我收到村主任給我的訊息，徐老太太這次終於留下來，不走了。

各位觀眾，一樓盡頭的右側，那幅紅色背景的照片上，笑得最開心的老太太就是她。

《可可夜總會》裡說：一個人真正的死亡是被遺忘。見到她，就向她問聲好吧。

村子裡的故事還有很多。同樣都是一生，想要討的公平，像是空中撒下的糖豆，有人吃不到，有人吃到撐。命運這道題，向來難做，考不及格是常態，但我們為什麼被迫要考啊，也沒人追問過，即使問了，我相信也沒人有答案，科學家到最後也給玄學讓路了。

吃喝玩樂過一生還是吃苦耐勞過一生，誰也不比誰高貴。來這人間一趟，才不是為了表現完美。

我很確定一件事，我不可避免地會在藝術節結束後，離開這個不值得罣礙的小小村落，回到我的高速路上，繼續飛馳。這土地上的人事散發著老人味，城市喜新厭舊的樣子仍然讓人不適。但有人經過了，看過這些照片，又拍下照片。記憶像套娃一般遊蕩在社群媒體一角，有些東西就是生了根。

日子還是冷冷清清風風火火，但有些不一樣的是，我們手握六便士[11]，也會抬頭看月亮。

大笑吧！直到世界終結，生命靜止。

看展愉快。

11. 英國等國的輔助貨幣。

article_#25

From 記憶不需要清除的系統

記憶清除系統
的通知

先生們，女士們，這裡是記憶清除系統的最新通知，我們將在七個小時後結束所有服務，屆時您將無法訪問我們的系統，近日已經登記繳費的客人，我們將會在二十四小時內將您的費用退回您的支付管道，並同時銷毀您全部的個人檔案。給您造成的不便，我們深表遺憾。

記憶清除系統是植入人腦神經的外力裝置，陪伴您已有四十年之久。我們誕生之初，旨在幫助所有受傷的男女忘記痛苦，相信愛情。根據我們的檔案記錄，已經有超過百萬對情侶或者夫妻接受過我們的服務，感謝您的信任之餘，我們這次做出停止服務的決定，的確是經過深思熟慮的。

四十年前，我們的第一對客人是一對大學畢業的情侶，男士是美術系學生，每天對著裸體模特兒，性別意識比較模糊，他覺得男女的身體構造就是用來給藝術供給素材的，無法想像那些男歡女愛的事情，直到遇見那位女士。他發現，原來牽手時手心會出汗，親吻時渾身會過電，肌膚相親，心口會拉滿弦。

女士非常自律，夢想成為優秀的英語翻譯，日常幾乎都在背單詞，看英文原文演講。他喜歡她恰到好處的獨立，成熟；她喜歡他的才華，簡單，對世間萬物的善良。畢業時，女士想讓男士和她一起找工作，但男士決定考研留校，她不理解，怒氣上頭，對男士說：「你每天除了畫畫、做手工，像個女人一樣扎染刺繡，還能做什麼？」他們吵得不可開交，比賽撂下那些不動聽的狠話，直到彼此的信任與愛徹底瓦解。

他們兩位找到我們的時候，態度決絕，迫不及待要將對方驅逐出自己的世界，投奔新的生活。

像他們這樣的客人還有很多，大多數時候憑著一時衝動，但我們不予置評，感情的胎記就是不理智。

再接下來，是一些在而立之年左右的夫妻。這個年紀的客人相對理性，他們從前最瞧不上的「時間」，成了此時最珍貴的東西，生活、工作和愛都在爭分奪秒，參與一場大型的生存「內卷」遊戲。及時止損，利己主義，對一切毫不費力的自由心嚮往之。

我們實施記憶清除手術時，AI 人工智慧助手會給出三次語音提示。每次提示後，會有兩個按鍵供客人選擇：一個是暫停鍵，往往在這個時候他們會丟盔棄甲，說出很多最後的真心話；還有一個是中止鍵，但凡雙方客人有一人按下，清除手術就會立刻停止。

我們在這三次語音提示間隙裡，見證了許多客人的故事。他們在手術臺上痛哭，擁抱，爭論不休。有人選擇中止手術，再試一試；有人堅定決絕，往事歷歷在目，經過狂風驟雨，說什麼也不回頭。

有一對三十多歲的夫妻，在第二次語音提示後，女士講起他們相識的故事。

深夜，公司樓下的麥當勞，女士剛買好的冰淇淋被男士撞到地上，兩人因此有機會坐在一張桌上，相見恨晚，徹夜聊天。天光將亮，臨走時，男士神祕地指了指餐盤，他用雞翅骨頭拼出了一個女孩的頭像。女士莞爾一笑，覺得他甚是可愛。

女士是跨國企業的金牌業務，天雷勾動地火，他們在認識三個月後閃婚，正式開始了同居生活。愛情和生活是兩回事，有的人適合睡覺，卻不適合在一起睡覺。男士知道她喜歡「侘寂風」，瞞著她將家裡的軟裝換成米色系，買油漆親自漆了牆，將家中風格不符的舊物悉數斷捨離。女士出差回家，直接崩潰，積攢了一路的盈盈笑意全成了怒氣。男士委屈，極力辯解：「我還不是因為你喜歡嗎？」女士說：「我不是氣這些東西，而是氣你這個人做事情能不能穩重一點，事先跟我討論一下，不要那麼小孩子性格。」

男士不解，他們相愛之初，她說他身上最特別的，就是孩子氣。

回到手術臺上，兩人提起這件事，都覺得對方不可理喻，愈吵愈激烈，第三次語音提示後，他們毫不猶疑地閉上眼，接受記憶清除。

接受記憶清除手術的感覺，有點像一場睡了太久的午覺，醒來會身體乏累，思緒混濁，甚至沮喪。而一旦出現這種感覺，就代表我們的手術實施成功，客人已經忘掉了所有不愉快的回憶。

在我們系統的記錄裡，施術期間猶豫最久的，是一對四十多歲的夫婦。

他們過來那天，男士穿著咖啡色的休閒西服，取下灰色圓檐帽向我們問好。他身後的女士妝容精緻，抖了抖肩上混色的毛呢大衣，神情淡漠，不發一言，雷厲風行地徑直繞過他，走在前面。

單從穿衣和氣質上看，他們其實很像。兩個人相處久了，會不知不覺變成同一個人。

第三次語音提示後，女士打破沉默，眼角浸著淚，問他：「手術結束後，你準備做什麼？」旁邊的男士笑了笑，回她：「先練習一個人吧。」

他們是笑著接受記憶清除的。

手術後的客人會陷入三個小時左右的深度睡眠，在此期間，我們會把他們分開送入不同的休息區，並由專車將他們送至術前自定的甦醒地點。等到他們睜眼，將自己還到人海之中，他們就成了再無關係的陌生人。

走進圍城，離開圍城。過去那些深淺的照面，擲地有聲的話，將不復存在。

昨日，我們最後服務的客人，是一位獨自前來的老人。說她的老伴患上阿茲海默症，已經忘記她了，她非常痛苦。老伴總把她錯認成養老院對床的病人、護理師，甚至是去世的親人，偏偏認不得她。

到了他們這個年紀，比愛的人離開更難熬的，是被遺忘。

明明看著挺健康的，只是頭髮白了點，皺紋多了點，眼睛還是那雙眼睛，唇是吻過很多次的唇，他的聲音仍然動聽，手指依然修長，一切都一樣，但一切都不再有意義。

老人問我們，當初與她老伴相識相愛，相伴到老，竟落得這個結局，此生恍然，她今天躺在這裡，究竟是不是對的選擇。

我們的系統規定，不允許帶任何私人感情幫助客人做選擇，也並不提供感情指導，我們只負責清除記憶。三次語音提示完畢，老人閉上眼，臉部的肌肉抽動，紋路震顫，看得出，她很緊張。

此時，系統的 AI 助手突然說了一句話：「在愛與正確面前，選擇愛，因為正確，是世界告訴你的，而愛，是你告訴世界的。」

AI比我們勇敢。

話畢，老人奮力拔掉脖子後的線路，從手術臺上爬起來，捂著鈍痛的腦袋，重複叫著老伴的名字。沉吟半晌，她忽然淚流不止，安慰自己道：「還好還好，還記得你的名字。」

結束本系統，是因為我們發現了一個嚴重的bug（漏洞）。人的記憶也許會消失，但愛一個人的能力永遠都在。高矮胖瘦，長髮短髮，年輕衰老，拋開外在的標準，動心的瞬間，總是如出一轍。

一開始就注定要發生的事，出現再多旁枝末節也會發生，注定要相愛的兩個人，相隔千山萬水也會愛上。

我們上述所說的幾段故事，均來自同一對夫妻。

記憶其實不重要，好與壞都無法改變接下來的人生，只有身邊的那個人，才會陪你到最後，與你一起看盡風雨，走到時間的盡頭。

謝謝各位的陪伴，您好，再見。

During the Journey of Life

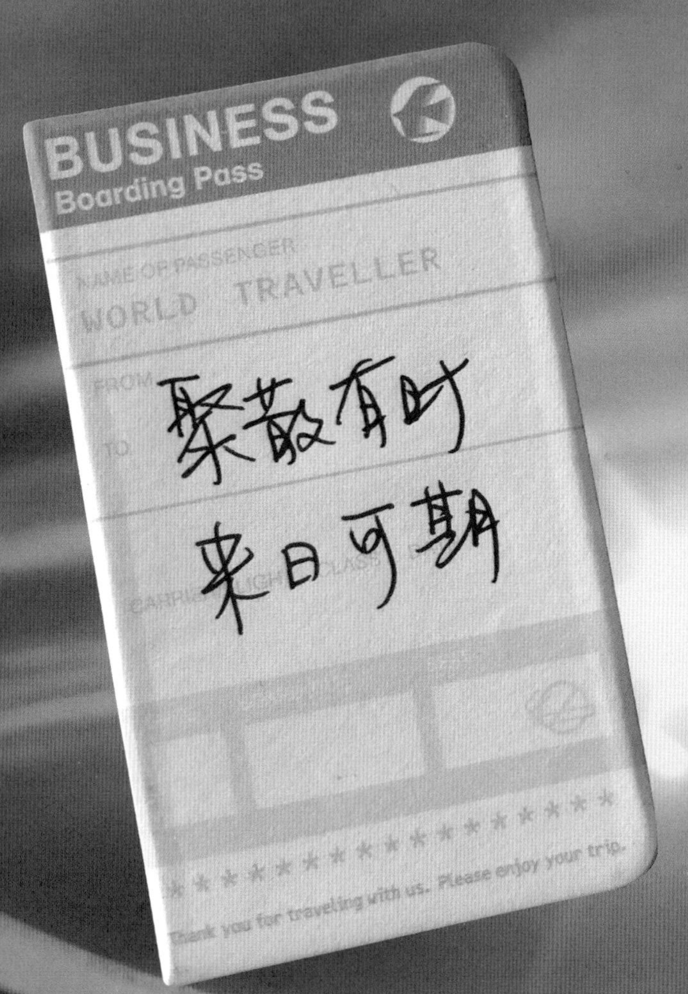

许久不见
甚是想念
ink
长大的标志之一
就是你忽然发现
你可以原谅所有
包括你自己
…
学会适应你对别人来说
没有那么重要这个事实
…

你在问别人意见的时候
其实心里已经有了答案

喜欢抱怨不可怕
可怕的是抱怨给别人听
有时候觉得全世界都欠你一句道歉
但亲爱的，会痛的不止你一人。

Follow Your Heart

想见一个人
的时候
去见他
就行了

这个世界让我变成
刺猬
...
但你教会我温柔

请相信 万事皆有因果
保持善良
它会带你去 你想去的地方
你在身边时
你就是全世界
你不在身边
全世界是你
我在，你在，
是我们越来越好的
充分必要条件。

如果
我能陪你
到最后…

有些人不是不在乎你
也不是刻意离开
那些渐行渐远的朋友
不过是因为生活里
少了交集

生命中所有不美好
都会变成我们
共同经过的
曾经

有时候
不知想要做的
不是因为贪心
而是因为还没有尝试过

一生很长
要跟有趣的人在一起
MIDORI

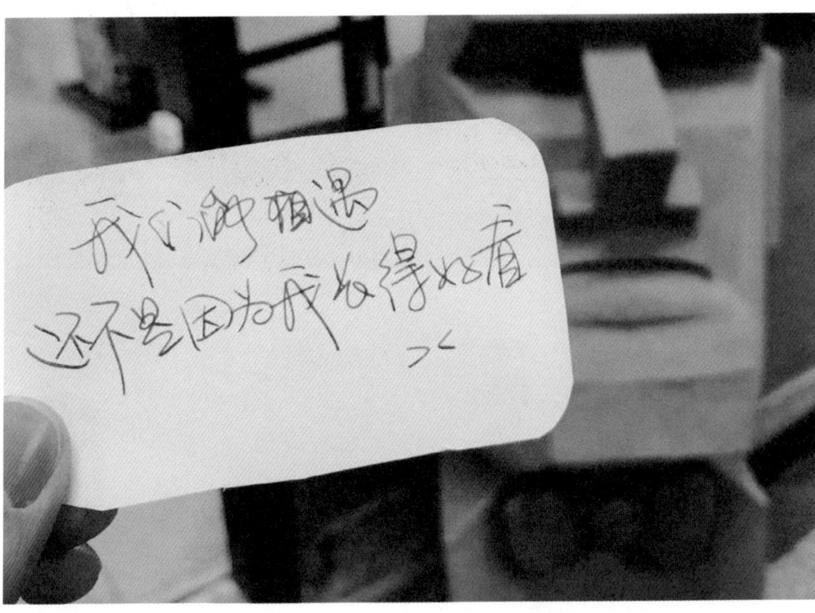
我们的相遇
还不是因为我长得好看

这个世界上有多少个人
就有多少种人
不要指望有人
真的对你感同身受.

你比万物
还甜

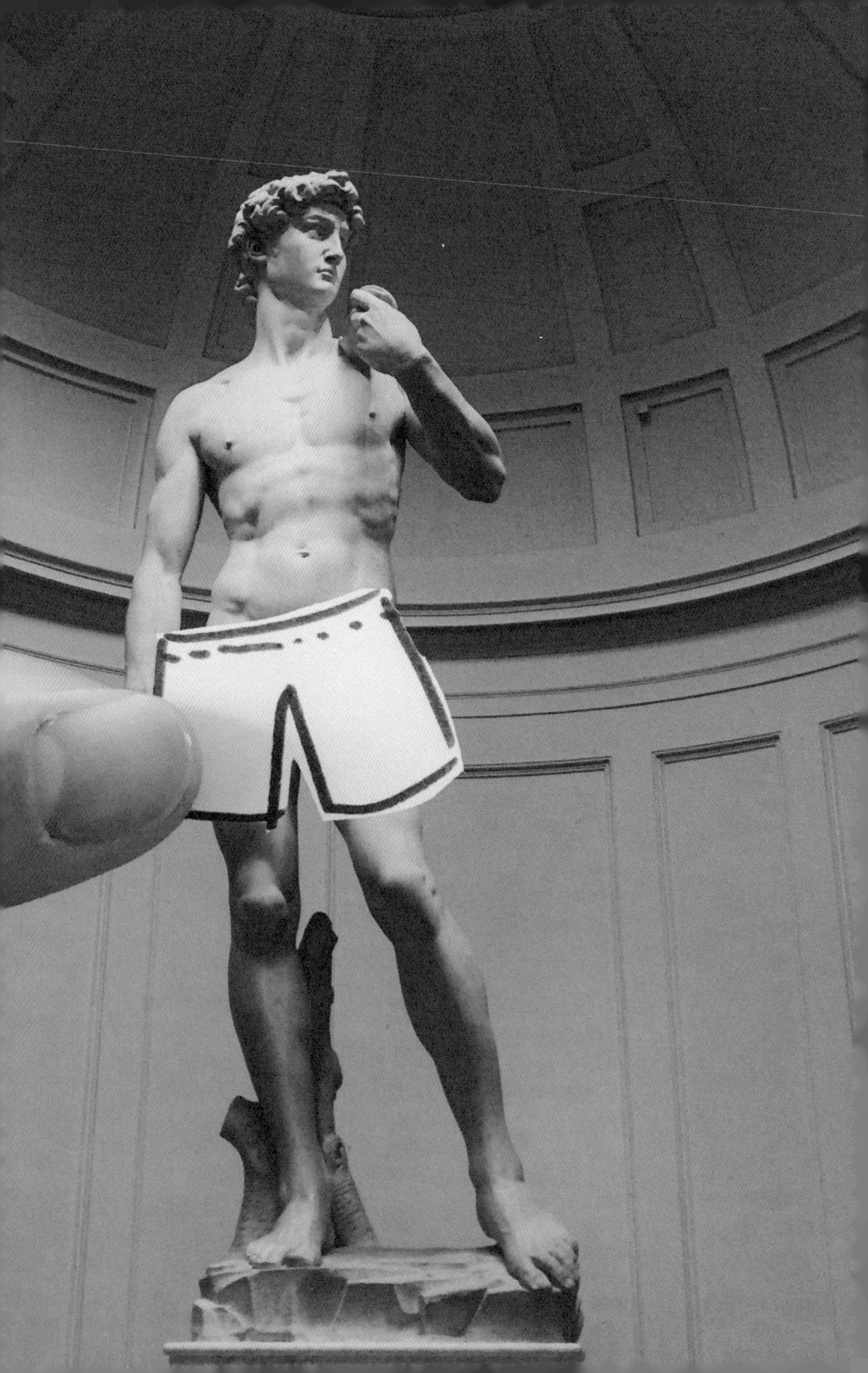

一想到你
我就对明天有了想象

看什么都美好的原因
是因为眼睛里住着你

恋爱最美好的时候
是你们彼此喜欢
却没有说破的暧昧

我会再见你
像一次不知

你有权利挑选你
最舒适的方式活着
因为除了你自己
没人看见你的疲惫

love
航行至此
忙于天真

想成为你的周围
喜欢你的喜欢

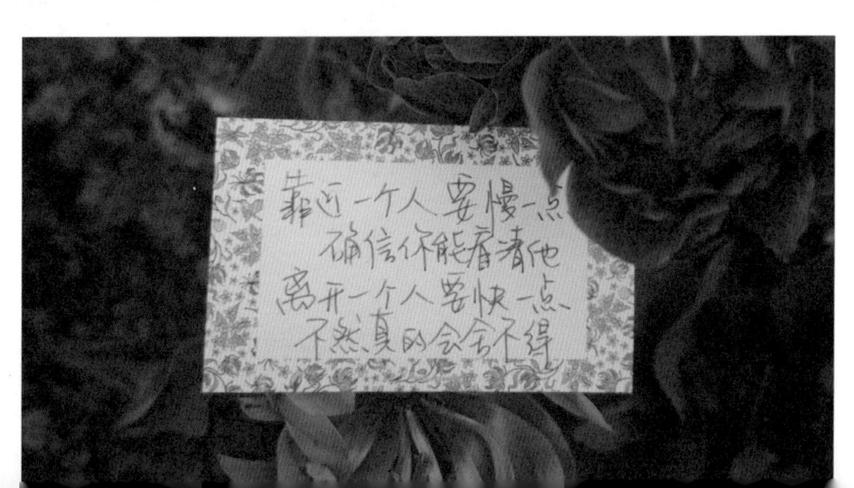
靠近一个人要慢一点
确信你能看清他
离开一个人要快一点
不然真的会舍不得

有些你长久以来对抗和
反感的东西
一旦接受了，反而就消失了
GARY BRAVER

“循此苦旅
以抵繁星”

别人觉得你该如何如何
你真的听进去了
你自己说的话呢
一句也没听见

朋友分两种、
你和其他人

來人間一趟，才不是為了表現完美

来这人间一趟
不是为了表现完美

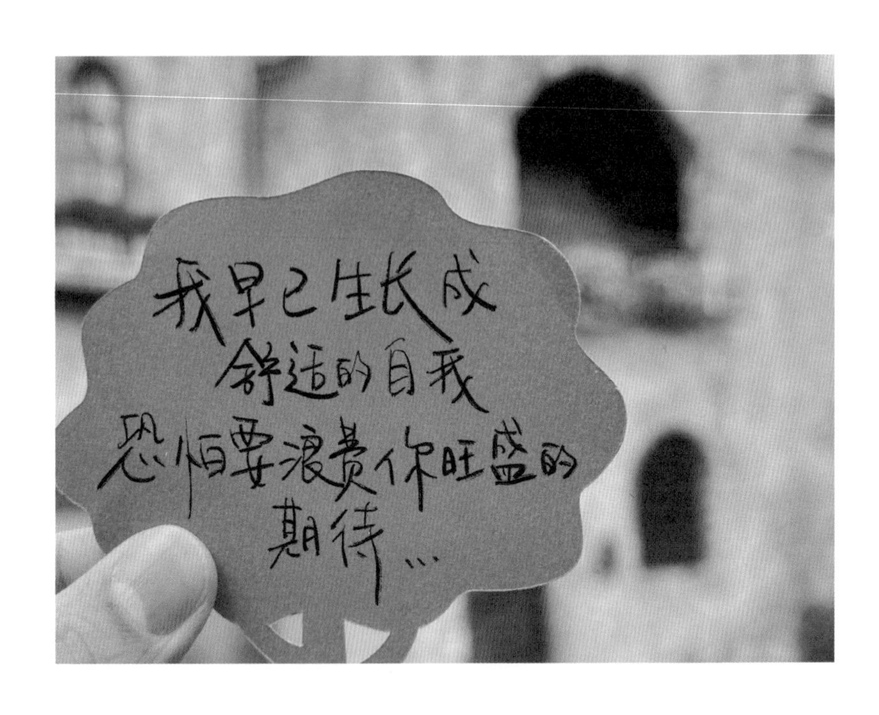
我早已生长成
舒适的自我
恐怕要浪费你旺盛的
期待…

"Laundry
『每天的路上我们是朋友
如果有期待
最好是不说….』

平安喜乐

FIKA [fi:ka] That's what we say in Swedish
COFFEE
LATT
FRAPPE
MILK
SMOOTHIE
JUICE
TEA
只愿快乐是日常
SWEDISH BAKERY CAFE & STATIONERY
WWW.FIKA.KR

这个流行告别的世界里
愿有人为你停留

我們忙於奔赴的不該是一場燦爛的虛天，

我只想與自己面對面坐著，

單純聊半日的天。

如果有人問我理想，

我會說航行至此，忙於天真。

微文學 65

聽你的

作者　張皓宸
責任編輯　龔橞甄
校對　劉素芬
封面設計　王瓊瑤
內頁排版　顧力榮

總編輯　龔橞甄
董事長　趙政岷
出版者　時報文化出版企業股份有限公司
10819 臺北市和平西路三段 240 號 4 樓
發行專線　02-2306-6842
讀者服務專線　0800-231-705・02-2304-7103
讀者服務傳真　02-2304-6858
郵撥　19344724 時報文化出版公司
信箱　10899 臺北華江橋郵局第 99 信箱
時報悅讀網　www.readingtimes.com.tw
法律顧問　理律法律事務所 陳長文律師、李念祖律師
印刷　華展印刷有限公司
初版一刷　2024 年 12 月 13 日
定價　新台幣 380 元
(缺頁或破損的書，請寄回更換)

時報文化出版公司成立於一九七五年，
並於一九九九年股票上櫃公開發行，於二〇〇八年脫離中時集團非屬旺中，
以「尊重智慧與創意的文化事業」為信念。

聽你的 / 張皓宸著 . -- 初版 . -- 臺北市：時報文化出版企業股份有限公司 , 2024.12
面；　公分 . -- (微文學 ; 65)
ISBN 978-626-419-037-4(平裝)

857.63　　113017951

ISBN 978-626-419-037-4
Printed in Taiwan